文芸社セレクション

24時間、料理の注文承ります。

深谷 みどり

FUKAYA Midori

文芸社

目次

序章

よくみがき込まれた大きなガラス窓から、朝日が気持ちよく差し込んでくる。どんな夜でも必ず明けるのだ。あたりまえの現実をいまさらながらに確認できて、わたしはほっと息をついた。とんでもない夜だった。でもあたりまえの日常に、朝に戻ってくることができて、わたしはこの上なくほっと安堵していたのだ。

ところが、この場にいたオリヴァーはちがったらしい。

きらめく朝日に負けないくらい、きらきらしい美貌の青年は、にっこりと微笑んだ。

その微笑みを見た瞬間、わたしの心臓はひゅんっと縮まった。

笑顔なのに、まったくそう見えないこの表情は、どう表現したらいいのだろう。

「五年だ」

涼やかな声で、穏やかさを保ったまま、オリヴァーは言う。

「五年前、家族を失って天涯孤独になったきみから、このレストランを購入して。僕はそれだけの時間を無為に過ごしてきたんだ」

静かに語りながら、オリヴァーはじり、と、わたしに近づく。

変わらず浮かんでいるオリヴァーの笑顔に、声の調子に、迫力に、わたしはじり、と後ずさる。

「本来ならば、この状況であっても、僕はこのレストランを開業していただろう。苦しい状況にあったとしても、かの天才料理人、エマ・ウィルソンが経営していたこのレストランを引き続き、盛り立てていただろう。僕にはそれだけの才がある。どんな苦境にあっても、挫けるつもりもない。それだけの意地もある。けれど、僕はこの五年を無為に過ごしてしまった」

トン、と、軽く、オリヴァーはカウンターに手を置いた。

五年近く営業されていなかったにもかかわらず、埃も落ちていない、ピカピカにみがき込まれた飴色のカウンターは、それだけ大切に維持されていたのだと物語っている。

彼自身が評した、無為な五年。その間ずっと、オリヴァーはこのレストランを守っていた。

うっすら気づいていた事実を改めて目の当たりにしたわたしは、波乱に満ちた夜を無事にやり過ごした興奮をスッと冷ましてしまった。わたしはとんでもない現象をたった一晩、経験しただけだ。でもオリヴァーにとっては五年も続いた現象だったのだ。

「この無為に過ごしてしまった五年、きみはどうやって償ってくれるというんだい？」

そう言って笑みを消してしまったオリヴァーの真摯な表情は、わたしの心をえぐった。

でもだからといってオリヴァーの要望を叶えるなんて、わたしには無理だ。祖母の遺したレストランを、祖母の名声を継ぐなんてできない。わたしは祖母と違って平凡な料理人だもの。

「わ、わたしが、」

わたしを見つめてくるサファイアブルーの瞳から逃れるように目をぎゅっと瞑って続けた。

「このレストランを正す方法を探します。――――夜になれば異世界に転移する、そんなふざけた現象が二度と起こらなくて済むように！」

だからそれ以上、わたしに求めないで欲しい。そう願いながら、心の中で五年前に亡くなった祖母に語りかける。

（おばあちゃん）

いつも穏やかに笑い、コンソメのいい匂いを漂わせていた祖母を思い出す。

（なにを考えて、こんなレストランを？）

イギリスにて知る人ぞ知る天才料理人だった、エマ・ウィルソン。憧れでもあった祖母に対して、わたしははじめて深刻な疑問を抱いたのだった。

第一章・祖母のレストラン『アヴァロン』

どうあがいたって、しかたないことも、世の中にはあるとわかっているのだ。

「あ、待って。Wait, please!　降りますっ」

列車がゆっくりと動きを止めたとき、わたしはぼうっと窓の外を眺めていた。東京からロンドンまで約十三時間、ロンドンから列車で約二時間、合計十五時間の移動に疲れていたのだ。

それでも窓越しに見えた駅名に既視感を覚え、ロンドンからいくつめの駅かと指をおって数え直したところで、あわてて座席から立ち上がった。

足元に置いていた荷物を抱え、ガタガタと出口に向かう。軽く肩が触れ合う乗客に「すみません」を連発してしまったのは、日本人ゆえの哀しいサガだろうか。とほほと思いながら、トン、と駅に降り立ったところで、ぷしゅうと扉が閉まる。

ふう。ギリギリだったんだ。

みるみるうちに遠ざかっていく列車を見送って、改めて駅名を確認してみた。

うん、間違いない。手帳に書いていた通りのつづりだ。安心したわたしは手帳をポケットに収め、荷物を抱え直して改札口に向かって歩き出した。

正直なところを言えば、長時間の移動のせいでクタクタだ。

でも春先の、わずかに冷たい空気が、わたしの意識をしゃんと目覚めさせてくれた。おまけに目に入る風景は、どこもかしこも日本とはまるで違う。まさに洋画に登場する街並みだ。あれは撮影用セットではなくて、実在する街並みだったんだなあ、と、少々間抜けなことを考えた。

同時に、わくわくっとした。

(ああ、外国だ!)

すうっと深呼吸して、わたしの頬が無防備にゆるむ。ロンドンに着いてから、ずっと緊張していたけれど、目的地まであとわずかになったから、ようやく余裕が生まれたみたいだ。

――――この街には、五年前に亡くなった祖母の墓がある。

わたしの祖母は生粋のイギリス人で、この街でレストランを営んでいた。なんでもそのレストランは百年以上の歴史を誇る店で、知る人ぞ知る、という名店だったらしい。有名レストランの料理人も訪れることがあったとか。祖母と同じ料理人であるわたしにとって、そんな逸話を持つ祖母エマ・ウィルソンは憧れの存在だ。

彼女のようになりたい。

そんな願いを抱いていたわたしは、調理師課程のある高校を卒業したあと、祖母のレストランに就職しようと考えていた。けれど、高校三年に迎えた秋の夜に祖母が亡くなったことから、その予定は永遠に潰えてしまった。現在、祖母のレストランは他人の手に渡っている。

しかたなかったのだ。

当時のわたしは両親を早くに亡くした学生で料理人として未熟すぎた。多額の教育資金も必要としていた。だから望みのままに渡英し、祖母の後を継ぐわけにはいかなかった。

また、世界も許さなかった。五年前から、この世界はいまだかつて、誰も想像したことがないほどの大変な危機に陥っており、多くの人が我慢と忍耐を強いられていたのだ。海外旅行なんてとんでもない。そんな状況だったけれど、雪解けのように少しずつ好転していった。ついには今年、再び、海外旅行も許されるようになったから、わたしははやばやと渡英してきたのである。

祖母の墓に花を供えるためと、祖母が遺したレストランの現在を見届けるために。

（エドガーさんは、祖母のレストランを盛り立てていく、と、言ってくれてた）

エドガーという人は、わたしから祖母のレストランを購入してくれた人だ。といっても、状況が状況だけに、じかに会ったことのない人でもある。祖母が亡くなった五年前にはすでに、日本からイギリスへの渡航は禁止になっていたから、レストラン売却は祖母が雇っていた弁護士に一任したのだ。そしてエドガーさんはその弁護士づてに、わたしに伝言をよこしてくれた。

『尊敬するエマ・ウィルソンが遺したレストランを、これからは自分が大切に盛り立てていくよ』

わたしは、そのことづけが本当に嬉しくてたまらなかった。

だから、わたしは祖母のレストランを継ぐ、という夢を諦められたのだ。

当時を思い出して、ちょっと切ない気持ちになりながら、わたしはおそるおそる、初めての街を歩く。日本から旅行ガイドを持ってきていたけれど、この街は旅行ガイドにも掲載されていない街なのだ。だからこの街について語っていた祖母の言葉を記憶から掘り起こしながら、時には街に掲示されている地図を見ながら、目的地に向かって歩いていった。

そうしてようやく、わたしは駅から見ることのできた、大きな教会に辿り着いた。

石造りのしっかりとした建物は、旅行ガイドに掲載されている他の街の教会とよく似ている。外国の信仰対象になっている建物に入っていくなんて、かなり緊張したけれど、呼び止めてきたシスターに事情を説明したら、すぐに墓地に案内してもらえた。祖母の墓がある場所も詳しく教えてもらって、花も購入した。そうして緑に囲まれた墓地に進もうとして、気づいたのだ。

目的の場所。祖母の墓の前に、見知らぬ男性が立っていることに。

遠目で見た時には、わたし以外にも墓参りに来た人がいるんだな、と思った程度だった。でも近づくにつれて、その男性が立っている場所が、祖母の墓の前だと気づいた。

正直、困った。わたしは、祖母の知己を全員、把握しているわけじゃない。だから知らない人に対する気後れが芽生えた。

そもそも話しかけていいのか悪いのか、判断できないまま、わたしは祖母の墓に近づいた。だんだんと男の人の姿が見えてくる。ずいぶん背の高いその人は、古めかしいフロックコートを着ているようだった。違和感を覚えたけれど、わたしに気づいたらしいその人が身動きした。

「ああ、失礼――――」

そう言いながらわたしを振り返った人は、大きく目を見開いた。

そんな男の人を真正面から見て、わたしも息を呑んだ。なぜと言って、その人は映画でも見たことがないほどの美貌を持つ男の人だったのだ。それも、かなり若い。

サラリと流れる黒絹の髪の合間から、おそろしく整った白皙の顔立ちがのぞく。瞳の色は金と緑が混ざり合ったような不思議な色をしている。貴公子、という単語が頭をよぎった。ちょっと時代遅れと言ってもいいような格好が、この人にはこの上なく似合っている。

ただ、貴公子という表現が思い浮かんだものの、少し違和感を覚える表現だとも感じた。なぜなら彼は、左目を黒い眼帯でおおっていたからだ。そのせいで独特の存在感がある。

「エマ……？」

呆然とした調子で男の人はつぶやく。違和感が強くなった。まちがいなくわたしを見ている。でもその人が口にする名前は、亡くなった祖母の名前なのだ。

どう反応したらいいのか、わからないまま目を瞬いていると、亡くなった祖母の言葉がよみがえってきた。いつだったか、わたしの髪をブラシでときながら言った、祖母の言葉だ。

――あなたはわたしに似たのね。この紅茶色の髪も瞳も、むかしのわたしと同じだわ――

思い出したら、自然と口が動いていた。

「橙子です。高槻、橙子。エマの孫です」

そう言うと、呆然としていた男の人は、はっと我に返ったようだった。

それでも、まるで目が離せないというかのように、わたしを見たまま言葉を返してくる。

「エマの、孫？　孫が、……いたのか」

そう言ったとき、彼が見せた表情は、なんと言ったらいいのだろう。

少し寂しそうで、でもそれ以上に、嬉しそうな表情。けれど、子供のように、あるいは老人のように、純粋すぎて、わたしの心臓がわずかに跳ねた。目の前にいる男の人は明らかにわたしより年上の男の人なんだけど、なんでだろう、放っておけない、と感じたのだ。

まちがいなく初めて会う男の人に対して、自分が示した反応に戸惑っていると、男の人は胸に手を当てて腰を折った。

「失礼した、エマの血統。わたしはシャルマンという。エマの、古い友人だ」

友人。彼の若さを目の当たりにしたら、どうしようもなく、違和感を覚える単語だ。けれども彼は明らかに年下のわたしに対して、とても礼儀正しく振る舞ってくれている。なにより、祖母が眠る墓地の前なのだ。違和感を追求するよりも礼儀を通した方がいいと考えて、わたしもペコリと頭を下げた。

「はじめまして。祖母を訪ねてくださって、ありがとうございます」

そう言ってから頭を上げると、美麗な微笑みがわたしを見つめていた。

懐かしげにも見える温かな微笑みに、わたしはなんとなく居心地の悪い気持ちになりながら、祖母の墓を見下ろした。白い百合が供えられている。シャルマンが供えてくれたのだろう。わたしもしゃがみ込みながら、その隣に購入してきた花を置いた。

そのままわたしは目を閉じて両手を合わせた。ハーフでありながら、わたしには仏教のしきたりが身についている。だからそのまま心の中で祖母に話しかけていると、シャルマンの声が降ってきた。

「エマにそっくりだと思ったが、きみには東方の血が流れているのだな」

なにをいまさら。わたしは日本名を名乗ったじゃないか。

でもイギリスの人には日本の名前なんてわからないのかもしれないなあ、と考え直して、わたしは目を開けた。そっと立ち上がり、見下ろしてくるシャルマンと目を合わせた。

「わたしの母は、日本人と結婚しましたから」

「エマの娘か。彼女は日本にいるのか」

「亡くなってます。もう、ずっとむかしにですけれど」

わたしの両親は、祖母に先立って交通事故で亡くなっている。そう続けると、シャルマンの眼差しが複雑な色合いを帯びた。どこか痛ましげな眼差しでわたしを見つめてくる。

「苦労してきたのだな」

わたしの家庭環境を話すと、ほとんどの人がそう言う。だからわたしもそのたびごとに返してきた言葉を、笑顔と共にあっさりと告げた。

「それほどでも。祖母がその分、かわいがってくれましたから」

日本とイギリス。わたしたちは離れて暮らしていた。

それでも祖母はわたしを大切にしてくれた。胸を張って、わたしは断言できる。

両親が亡くなったとき、祖母はわたしをイギリスに引き取ろうとしたのだ。祖母の後継人になりたかったわたしも、イギリスに移住したかった。けれど結局、父方の祖父母に引き取られた。日本生まれの日本育ちだから、イギリスに移住しても苦労する、という薄っぺらい理由によって。

わずかに眉を寄せてしまったが、シャルマンは気づかなかったようだ。

「そうか」と応えて、祖母の墓に視線を移す。

「強い孫娘だな、エマ。おまえにそっくりだ」

思いがけない賛辞にわたしが硬直していると、「ところで」とシャルマンは言葉を続ける。

「ちょうどいい。エマの血統に訊きたいことがあるのだ」

「なんでしょう?」

はたしてわたしに答えられる質問か、と身構えながら聞き返すと、シャルマンはどこか遠慮がちに訊ねてきた。

「もう、エマのレストランは営業しないのか?」

(え?)

思いがけない言葉だった。まじまじと見上げれば、シャルマンは曖昧に笑う。

「恥ずかしながら、わたしはエマに胃袋を掴まれていたのでな。できれば、彼女の料理を再び食べたいと思ってレストランを訪れたのだが、」

「ちょ、ちょっと待ってください」

わたしはとっさに両手を掲げて、シャルマンの言葉をさえぎった。

素直に口を閉じたシャルマンに、わたしは困惑しながら答えた。

「営業してるはずですよ？　祖母のレストラン」

「なに？」

「たしかに祖母のレストランは売却しました。でも購入してくださったかたが、祖母のレストランを引き続き営業すると約束してくださったんです」

そう言うと、シャルマンはあごに手を当てた。

しばらく考え込んでいたようだったけれど、ややして恥ずかしそうに笑った。

「そうか。それならば、わたしが訪れた時はたまたま休業していたのだろう。ならばまた、折を見て訪れることにするよ」

「はい、そうしてください」

わたしはそう応えながら、心の中で付け加えていた。

（もっとも、訪れたとしても祖母の料理はもう、味わうことができないのだけど）

わたしもシャルマンも、祖母の墓の前にいるのだ。二人とも、とっくにわかっている事実を改めて伝える必要なんてないだろう。

＊

「あれ……？」

シャルマンと別れて、わたしはもうひとつの目的地であるレストランに向かった。

祖母が遺したレストランの名前は『アヴァロン』——ご先祖さまが命名したとはいえ、ずいぶん大仰な名前だなあと苦笑した記憶がある。イギリスの英雄、アーサー王にまつわる名前なのだ。

ちなみにシャルマンも誘ったんだけど、用事があるとかで、遠慮されてしまった。ちょっと図々しかったかもしれない、と、いつになく積極的だった自分を恥ずかしく思いながら、手帳に記している住所を、通りすがりの人にも確認しながら、レストランを訪ねたのだ。

そうしたら、レストランの様子はおかしかった。

（まさか、本当に休業してるの？）

たどり着いた『アヴァロン』は、むかし、祖母から写真で見せてもらった通りの外観だった。

建物は二階建て。深緑色のテントが一階部分にピンと張られていて、金色の筆記体で「Avalon」と書かれている。もみの木だろうか、立派な植木が鉄の鉢が入っている扉の両脇に置かれていた。木製の扉は閉じられているけれど、右側に広がる大きな窓から室内をのぞき見ることができた。薄暗い室内には、テーブルにチェア、カウンターにスツールが並んでいる。

そう、薄暗い。明らかに営業中ではないのだ。

でも、それっておかしい。そもそも今日は平日なのだ。時刻もまだ、ランチタイムと言ってもいいほど。少なくとも以前、祖母から聞いた『アヴァロン』の営業時間内だというのに。

（いや待て、わたし。早とちりはよくない）

もしかしたら、エドガーさんはランチタイムの営業を止めて、ディナータイムだけの営業にしたのかもしれないじゃないか。だからいまは閉まっているのかもしれない、と考えて、でも、と思いついた違和感が指摘してきた。

この状況で？　という疑問が出てきたのだ。

世界を襲った危機によって、さまざまに生活は変化した。その結果、飲食店が少なくない経済的打撃を受けた。それは日本のみならず、イギリスでも同じだったと聞いている。だからディナータイムではなくランチタイム営業、あるいはデリバリー営業の店が増えたのだ。

そこまでの状況を思い出して、まさか、とわたしは愕然とした。

（まさか『アヴァロン』も経済的打撃を受けて、閉店したんじゃ……！）

そのときだった。『アヴァロン』の二階から繋がる階段を、誰かが下りてきたのだ。

はっと気づいたわたしは、即座に動いた。

『アヴァロン』の二階は、レストラン『アヴァロン』の居住スペースなのだ。セットで売却したのだ、だから覚えている。つまりいま、階段を下りてきたその人物はまちがいなく、新しい『アヴァロン』の関係者だと推測できたのだ。エドガーさんだろうか。そう思いながら、声をかける。

「あの、すみません！」

呼びかけてから、振り返ったその人を見て、わたしはわずかに息を呑んだ。

うわあ、と心の中で悲鳴をあげる。どういう巡り合わせなんだろう。そう思った。

なぜなら、訝しげにわたしを見ているその人は、先ほど別れたシャルマンと並ぶくらいの美形だったのだ。

なんだか、やけにきらきらしい人だった。蜂蜜に近いほど純粋な色合いの金髪に、煌めくサファイアブルーの瞳を持つイケメンさん。すらりと背が高く、シンプルなシャツにブラックジーンズを組み合わせている。シャルマンとは対照的な、でも張り合えるくらいの美形だ。

「なにか？」

声をかけたものの、相手の容貌に気圧されたわたしが言葉を失っていると、涼やかな声が聞こえた。目の前に立つ青年の声だ。わたしは咳払いをして、「すみません」と繰り返した。

「ちょっとお訊きしたくて。『アヴァロン』は休業中なんですか？」

そう言うと、青年は表情を変えた。

それから、どこかに出かけようとしていた彼は、わたしに向き直ってきたのだ。じっと静かな眼差しでわたしを……観察している？　しばらくして薄い唇を開いて、彼は言った。

「閉店だよ。エマ・ウィルソンが亡くなってからずっと、この店は閉まったままだ」

（ええっ？）

思いがけない言葉にわたしは驚いた。その反応を見たからか、青年はため息をついた。

「わかった。きみ、タカツキだろう。トウコ・タカツキ。エマの孫の」

なんでわかる。表情から疑問が伝わったのか、青年はつまらなさそうに言った。

「きみ、旅行者だろう。すぐにわかる。それなのに、訪ねる場所が『アヴァロン』なんだ。この五年、営業してないレストランを訪ねるような物好きなんて、エマ・ウィルソンの関係者以外、あり得ないだろ」

そういうものなんだろうか。この青年の論理はいささか飛躍しているような気がするのだけど、とにかくこちらの素性を悟られてしまったのなら、開き直るしかない。すう、と短く息を吸って自分を落ち着かせてから、わたしは青年を真っ直ぐに見上げた。

「そうです。五年前、こちらのレストランを売却した高槻橙子です。あなたは、エドガー?」

わたしの視線を受けて、ニッと微笑んだ青年は「いいや」と否定した。

「エドガーは僕の祖父。僕の名前は、オリヴァー・ルイス・エルヴァート・アシュバートンだ」

そうか。エドガーさんじゃなかったのか。

わずかな落胆が伝わったのだろうか。オリヴァーは「でも」と言葉を続ける。

「五年前、この『アヴァロン』を購入したのは僕だよ。祖父を代理人にしてね。なぜなら僕はまだ学生だったから、きみの弁護士に相手にしてもらえなかった」

そう言って、彼は左手首を見やった。このスマホ全盛の時代に珍しく、彼の手首には大ぶりな時計がはまっている。何事かを考えていた様子のオリヴァーは軽く首を振った。ジーンズの後ろポケットに手を回して、スマホを取り出す。そのまま電話をかけて話し始めた。

どうやらどこかに断りを入れたらしいオリヴァーは短く詫びを告げて通話を切って、ぽかんと口を開けて彼を見上げていたわたしを見下ろした。なにを考えたのか、面白がるように、ちらっと唇に微笑を閃かせて、オリヴァーはくいっと二階を右手で示す。

「上がりなよ。茶くらい出す。ついでに、打ち明け話もするからさ」

この流れで告げられた打ち明け話は、もちろん『アヴァロン』の進退にまつわる話だろう。

そう考えたわたしは、こくりと頷き、階段を登り始める彼に続いた。

*

祖母が生きていたとき、わたしは『アヴァロン』を訪れる機会はなかった。だから『アヴァロン』の二階だって初めて足を踏み入れる場所だ。どんな場所だろうとドキドキしたのだけど、いたって普通の部屋だった。いや、日本の平均的マンションより広いかもしれない。キッチンがあり、リビングがあり、寝室がある。黒色と白色が効果的に組み合わさったインテリアは、いかにも男性が一人暮らしする部屋だった。

祖母の気配はカケラほどもない。

黒色のソファをすすめられて腰掛けた。落ち着かない気持ちで座っていると、トレイにカップをのせたオリヴァーが戻ってきた。意外なことに紅茶ではなくコーヒーだ。ミルクと砂糖の有無を短く訊ねられ、素直に要望を伝えると、そのままサーブしてくれる。コーヒーカップを両手で抱えて傾ければ、ミルクと砂糖で味を変えたコーヒーが染み渡るように口の中に広がった。

「まず、事実をそのまま伝えよう。――――五年前から、『アヴァロン』は一度も営業してない」

同じくコーヒーカップに口をつけたオリヴァーはあっさりと言う。外ですでに聞いていた言葉だ。最初に聞いた時ほどの驚きはなかったし、素直に反応できた。

「どうしてですか？　エドガーさんからうかがってます。引き続き、『アヴァロン』を営業するおつもりだったんですよね？」

わたしが弁護士を通じてやりとりした人はエドガーさんだったけれど、エドガーさんはオリヴァーの代理人だったのだという。ならばわたしが喜んだエドガーさんの言葉は、オリヴァーの言葉だったのだろうと考えてそう言えば、オリヴァーは困ったような表情を浮かべていた。

「もちろんそのつもりだった。エマは尊敬すべき料理人で、僕の恩人でもある。だから彼女のレストランが無くなるなんて僕には耐えられなかった。エマがどんなにこのレストランを大切にしていたか、知っていたからね。だけど、トウコ。きみは知っているのか？」

「なにをでしょう？」

唐突な質問に、わたしは率直に聞き返した。

でも実は、言葉の流れから、嫌な予感がしていたのだ。

オリヴァーはレストランを続けるつもりだった。でも続けられなかった。

おそらくなんらかの事情があったのだ、と察したとき、不安になった。

この建物を売却するとき、しきたりだから、弁護士は細かに建物の様式を調査した。その結果をわたしは書類で知らされたし、売却も問題ないという弁護士の判断も信用した。調査結果はオリヴァーたちにも手渡されたはずで、だから売買契約もスムーズに進んだと聞いている。

その調査結果に、後から不備が見つかったのだろうか。それも、深刻な不備が。

だとしたら、この状況はわたしたちが、いや、わたしが招いたも同然だ。

ドキドキしながらオリヴァーの口元を見つめていると、薄い唇は長い時間、動かなかった。

「……トウコは、どこに泊まるつもりだい。ホテルの予約はしているの？」

ようやく唇が動いたかと思えば、オリヴァーはそんなことを言う。

困惑したまま、わたしは「はい」と答えた。

観光ガイドにも載っていない街だけれど、この街にだってホテルはある。日本から予約しておいたホテルの名前を伝えると、「なるほどね」とオリヴァーは続けた。

「じゃ、悪いんだけど、そのホテル、キャンセルしてくれないかな。代わりに、この『アヴァロン』の客室をきみに提供するよ。食事も出す。どうかな？」

どうかなって言われても。

ホテルをキャンセルして、この『アヴァロン』に泊まる。経済的に考えるなら、ありがたい話だ。ホテル代や食事代が浮く。でも男性が一人暮らししている家に泊めてもらうのは、さすがに不用心なのではないかなあ、という警戒が働いた。

オリヴァーがわたしに下心を抱いているかといえば、絶対にそんなことはないだろう。

話の流れから、察している。オリヴァーがわたしに『アヴァロン』に泊まれと言い出した理由は、まちがいなくレストランの営業が出来ない理由に関係しているのだ。それはもしかしたら、泊まらないとわからない理由なのかもしれない。それが具体的には、どういう理由なのか、見当もつかないけれど、それならこの家を売却したわたしが選ぶべき返事はひとつしかない。

「わかりました。……ホテルをキャンセルします」

そう言えば、オリヴァーはほっとしたように笑った。

「助かるよ。ああ、客室はちゃんと鍵をかけられる部屋だから安心して？」

言わずもがなの事実だ。どう答えても気まずく感じられて、わたしは曖昧に頷いた。

*

イギリスは日本よりも高い緯度に位置している。だから四月のこの時期はまだまだ肌寒い。長袖のシャツの上に、カーディガンをまとって、さらにエプロンを着て、客室を出た。

食事も提供する、とオリヴァーは言ってくれた。けれどわたしはお客様対応でごちそうになる訳にはいかないと考えたのだ。だからおそるおそる料理の手伝いを申し出たところ、あっさりとオリヴァーはわたしの手伝いを受け入れてくれた。なので、これからキッチンに向かう。

『アヴァロン』の二階にあるキッチンは、クローズドキッチン。だけど、スッキリ整理されてるからか、狭苦しい印象はなかった。天板がグレーで扉がナチュラルなキッチンは、なんだかシックで洗練された印象がある。シンクの正面に大きな採光窓があって、その前に黒いエプロンを身につけたオリヴァーが立っていた。ザーザーと水を出して、洗い物をしているみたい。

「オリヴァー」

声をかければ、水の音が止まって、オリヴァーは振り返る。ちらっと笑った。

「やっぱり僕のエプロンは大きかったか。明日、買いに行く？」

そうなのだ。このエプロンはオリヴァーが持っていた予備のエプロンだったりする。

ぐるぐると腰紐を何重にも巻いて固定したのだけど、やっぱり他人から見ると不恰好みたい。

「そうですね。そのつもりです。――――何を作るんですか？」

「コテージパイ。冷蔵庫に春キャベツがあるからオーブン焼きにして添えようかと思ってる。苦手なものはあるかい？」

コテージパイは、炒めたひき肉と玉ねぎにマッシュポテトをのせて焼き上げたイギリス料理だ。祖母から教わった料理のひとつで、わたしも何度か作ったことがある。

なんとなく嬉しくなりながら、わたしは首を振った。ありがたいことに、食べられない食材はほとんどない。

「僕はマッシュポテトを作るよ。中のフィリングを任せてもいいかな」

「わかりました」

ちょっと驚いた。なぜならコテージパイの味は、フィリングによって決まる。だからそこを任されるなんて思わなかったのだ。でも逆にやる気にもなる。祖母譲りの味、お見せしましょう。

オリヴァーが大きな鍋でじゃがいもを茹で始める。その隣で、わたしは野菜をみじん切りにした。よく研がれていて、使いやすい包丁だなあと思いながら、四つ並んでいるガスコンロの上にフライパンをのせ、微塵切りにしたニンニクをオリーブオイルと一緒に熱した。それから玉ねぎを炒め始める。玉ねぎが透き通ってきたら、他の野菜、にんじんとセロリをひき肉を加え、ほぐしながら炒める。肉の色が変わったら、ドライハーブを数種類入れ、さらに固形ブイヨンに塩、ローリエを入れて煮込む。しばらく煮込んで水分を飛ばせば、フィリングは出来上がり。

チラリと視線を向ければ、オリヴァーもポテトをマッシュしていた。だったら耐熱皿を用意するかな。そう考えて食器棚に視線を向けたとき、「ああ」とオリヴァーが呟いた。

「そろそろ日が沈むな。お腹が空いてきたね、トウコ」

「料理しているから、そろそろ我慢できなくなってきた感じです」

そう言いながらオリヴァーを振り返って、わたしは目を見開いた。

オリヴァーはこちらに背中を向けて、作業している。その前、大きな採光窓から見える景色は、もう夕暮れを通り過ぎようとしていた。でも、でもなんだろう？　明かりが見えた。まさかこの時期に蛍？　そう思った次の瞬間だ。

ぶわああっ、と圧倒的な変化が、起きた。

（なに、これ）

呆然と目を見開く。だって目に見える景色が違っている。

昼間、たどり着いた『アヴァロン』のまわりにはきれいに整えられたイングリッシュガーデンが取り巻いていた。隣の家とも距離ができていて、夜はさびしそうだな、と考えたから、間違いない。

でもいまは。

ほんの少しだけの距離を置いて、『アヴァロン』のまわりには古めかしい建物が現れていた。ひとつじゃない、いくつもいくつも、――これは『アヴァロン』のまわりに街が出現したと言ってもいい。駅周辺で観察した街に似ているけれど、微妙に違う。だって灯っている明かりが電気の光じゃない。ぽうっとまろやかで、ときにはゆらめく光。不思議な光だ。

わたしは息を呑んで、窓に近づいた。オリヴァーの反応が気になったけれど、それ以上に窓から見える景色を確かめなければ気が済まなかった。窓に触れる、閉まってる。

もどかしい。窓を開けた。

さあっと夜風が入ってくる。頬を撫でながら入ってきた涼やかな風は、同時に、ざわめきをも連れてきた。二階の窓から、階下を見下ろす。見えた。昼間とは全然違う景色が。

コクリと喉を鳴らした。

「勇敢だねトウコ。まさかこの異変を目の当たりにして、窓を全開にするなんて」

静かな声がすぐそばで響き、伸びた腕が窓を閉める。

パタンと閉じた音をきっかけにして、呆然としていたわたしはオリヴァーを見返した。静かな表情は、わたしを観察しているよう。気づいたけれど、わたしは訊ねずにはいられなかった。

「なんですか、これ」

わたしがそう言うと、オリヴァーはくしゃりと笑った。

「なんだろうね、これ。なんだと思う、トウコ」

「訊いているのはわたしです」

「この五年、誰かに説明して欲しいと思い続けてきたのは、僕も同じだよ」

あくまでも穏やかに返されて、わたしは唇を結んだ。そして察した。

だから、オリヴァーはレストラン『アヴァロン』を再開することができなかったのか、と。

窓は閉じられてしまったけれど、その直前に見た景色はしっかり頭に刻み込まれている。異国の街並み、通行人だっていた。けれどもその通行人には現代イギリスではありえない存在が混じっていた。背中に翼が生えていたり、獣の特徴を身体に備えていたり。人間ではないと明らかにわかる存在が、石畳を敷かれた路を歩いていた。そう、窓の外には昼間までとはまるで違う風景が広がっていたのだ。突如として、この建物が違う場所に転移したかのように。

はっとひらめいて、わたしは作りかけのフィリングを振り返った。ガスは働き続けて、調理は続いている。木べらでフィリングをかき混ぜて、味見もして調味したあと、もう十分だと考えたわたしはガスの火を切った。

くすりと笑い声が響く。

「大丈夫だよ。どういう仕組みかわからないけれど、ガスの火が消えることも、ガスが溢れることもない。そもそも、こうして室内灯もついたままだしね」

オリヴァーはそう言いながら、耐熱皿を取り出してきた。わたしは受け取り、調味したフィリングを耐熱皿に取り分ける。オリヴァーが受け取って、マッシュポテトをのせる。

　オーブンの扉を開けて、コテージパイを入れた耐熱皿とオリーブオイルをかけたキャベツを入れた耐熱皿を入れて、ボタンをひねるオリヴァーに、わたしはとうとう我慢できなくなって、再び口を開いた。

「オーブン、使うんですか。こんな状況なのに？」

「こんな状況でも使えることは確認済みだ。問題ないよ、トウコ」

　なんでそんなことを確認しているんだ、この人は。

　ぐちゃぐちゃになりそうな頭を抱えて、わたしはもう一度、窓を見た。オリヴァーが閉じてしまった窓から見える景色に、変化はない。電気ではない光が、ぽつぽつ輝いてる。空に目を向ければ、月がひとつだけ、星空と一緒に輝いていて、そこは変わりないように思えるのに。

「とにかく、ここに引きこもっていたら問題は起きない。コテージパイができたら食事にしようか、トウコ。お腹が空いただろう？」

「確かにお腹は空いていますけれど、」

　オリヴァーの提案に答えかけたその時だった。ジリリリ、という音が低く響いた。

　なんの音だろうと考えてオリヴァーを見た。すると平然としていたようにも見えていたオリヴァーは様子を一変させていた。鋭く緊張した様子で、キッチンの入口を見つめている。ジリリリ、と再び音が響いた。わたしは遅れて気づいた。これ、チャイムの音なんだ。

「……オリヴァー。これまでにここを訪れた人は？」

「いない。今日が初めてだ」

その答えを聞いて、オリヴァーの緊張が移ったように、わたしも緊張した。

今まで経験したことのない現象が、さらに続いている。どう考えたらいいのだろう。どう行動したらいいのだろう。迷っているうちに、オリヴァーが動いた。キッチンを出て、リビングに向かう。わたしもあわてて後を追った。と、オリヴァーが足を止める。振り返って言った。

「どうしてついてくるの、トウコ」

咎めるような物言いに、わたしはきっぱり言い返した。

「こんな状況で、一人になれると思いますか、このわたしが」

「……なにを堂々と言ってるかな、きみは」

呆れたように言いながらも、オリヴァーはわたしの意を汲んでくれたようだった。

それきりなにも言わず、リビングに移動したオリヴァーは、テレビドアホンのモニターを見た。モニターは、チャイムを鳴らす人物を映し出している。

（！）

わたしは息を呑んだ。

なぜならモニターに映っていた人物は、昼間に会ったばかりの人物、祖母の古い友人だと名乗ったシャルマンだったからだ。

＊

「知っている人なのかい」

オリヴァーはわたしを振り返った。モニターから目を離さないまま、わたしはうなずく。

「今日、祖母の墓地で会った人です。祖母の古い友人なのだと言ってました」

「エマの？」

そう言いながら、オリヴァーは再びモニターに視線を戻す。そうしてためらった様子を見せたけれど、応答ボタンに触れた。「どちらさまですか」と訊ねる声は、平然としている。

《お初にお目にかかる、『アヴァロン』の次代。わたしはエマの古い友人で、シャルマンという。『アヴァロン』の進退を確かめたくてな、こちらにお邪魔した次第だ》

堂々とした答えに、オリヴァーは何事かを考え込んでいたようだった。

わたしはといえば、シャルマンに話しかけたくてウズウズしていた。だってそうだろう。明らかに『アヴァロン』に異変が起きているのだ。なのに、その状態を受け入れて平然としているなんて、この異変に関して、なにかしらの事情を知っているとしか思えない。

けれど、今、この建物はオリヴァーが所有している。

シャルマンもはっきり、『アヴァロン』の次代、と指名しているのだ。わたしがしゃしゃりでてはいけないという判断が出来ていたから、わたしは考えに沈むオリヴァーを見つめていた。

ふーっ、と震えるような吐息をついて、オリヴァーは唇を開く。

「わかりました。レストランに行ってもらえますか。そこで話します」

そう言ってオリヴァーは応答ボタンを離し、わたしを振り返った。その眼差しを見て、オリヴァーの言いたいことを悟ったわたしは、すぐに、叫ぶように告げた。

「わたしも行きます」

「……トウコ」

まるでわがままを言い出した子供を見るかのような視線で、オリヴァーはわたしを見下ろした。そういう反応は予想できている。現在のレストランオーナーはオリヴァーだ。だからわたしが加わるなんて筋違いもいいところ。わかってる。でもここで大人しく待っていられない。

「彼は、シャルマンは祖母の友人だと名乗ってくれました。だとしたら、祖母の血縁であるわたしもいたほうが、もっと詳しい話を聞きやすいのではないですか？」

「彼は『アヴァロン』の次代と指定してる。きみがいても意味はないよ」

「それでも、エマの孫として起きている事態を把握しておきたいのです」

わたしとオリヴァーは睨み合った。

長くはない睨み合いの果てに、オリヴァーが負けた。「しかたない」とため息のように告げたオリヴァーは、わたしの肩をとんと叩き、玄関に促した。「このまま一人にするほうが心配だ。僕が言いまかしたとしても、きみはこっそり下りてくるつもりなんだろう」

「はい、そのつもりでした」

「胸を張って堂々と主張することじゃないからね？」

それからわたしたちは玄関から外に出た。冷えた空気が頬に触れる。カーディガンを着ていてよかった。オリヴァーが扉を閉めて、先に階段を下りる。わたしもその後に続いた。あたりはすっかり夜になっているけど、階段の外から伝わる人の気配はまだ濃厚だ。さっき、窓から見下ろした景色を思い出して、心臓の鼓動が速くなる。人ではない通行人が歩いている路。

（いきなり襲われることはない、よね？）

深く呼吸を繰り返して、わたしは階段を下り切った。

すん、と鼻が反応した。なにか、燃える匂いがする。キョロキョロと視線を動かして、それが街灯から漂う匂いだと気づいた。電気じゃないんだ。そう考えて、改めてここが異国だという事実を強く意識した。や、もちろん元々『アヴァロン』があった場所だって異国なんだけどね。

ここは、現代イギリスじゃないんだ。

じゃあ、どこなんだろう、と途方に暮れたような気持ちで考える。先に一階に下りたオリヴァーはレストランの扉に進むでもなく、わたしと同じようにあたりを見回している。そうしてよくよく見てみれば、ちゃんと人……わたしたちと同じ特徴の生き物だって普通に歩いてた。

「エマの血統？」

驚いたような声が聞こえた。振り向くと、レストランの扉の前に立つシャルマンがわたしを見ている。軽く会釈をしたら、シャルマンは苦笑したようだった。

わたしたちがいる方向に、ゆっくりと歩み寄るシャルマンは、昼間と同じフロックコートを着ていた。まるで十九世紀イギリスの紳士が着ていたような服装は、やっぱりシャルマンに似合っている。それ以上に、この世界に合っていると考えて、直感した。

祖母の友人だと名乗ったシャルマンは、おそらくはこの世界の住人なのだ。

「早い再会になったな。まさか『アヴァロン』の次代と共にいたとは」

そう言いながら、シャルマンは微笑む。温かな微笑に、わたしの心がちょっとゆるんだ。

でも言葉が見つからない。

こういう状況なんだ、オリヴァーとシャルマンの間に立って、二人を紹介するべきなのかな、とも考えたんだけど、わたしはどちらとも、そんなに詳しく知っているわけじゃない。

わたしの困惑に気づいたのか、あたりを観察していたオリヴァーがわたしに並んだ。

「はじめまして。オリヴァーと言います。こちらの礼儀に詳しくないものですから、失礼をしていたらご容赦を」

温かな微笑みを崩さないまま、シャルマンはオリヴァーに向き直った。

「お初にお目にかかる。先ほども名乗りをあげたが、わたしはシャルマンと言う。……エマの血統もそうだが、次代どのも、『アヴァロン』について何も知らないようだな」

「恥ずかしながら。あなたに教えていただけたらありがたいと考えておりますが、図々しいお願いでしょうか」

「いや。これも巡り合わせだろう」

そう言ってシャルマンは楽しげに笑った。ほっとしたように笑い返したオリヴァーは持っていた鍵をレストランの扉の鍵穴に突っ込んだ。音を立てて鍵が開く。オリヴァーがレストランの中に入り、何かしらの操作をしたのだろう、室内灯が灯ってパッとレストランが明るくなる。

シャルマンが続き、わたしも扉を確認して入った。看板はちゃんとクローズドになってる。

（あ、――――）

橙色の灯に照らされたレストランは、祖母が写真で見せてくれたままの室内だった。

全体的にアイボリーの壁紙が貼ってあるんだけど、奥の一面にだけ深緑の壁紙が貼ってあり、そこにいくつもの細密画が飾ってあった。それは購入した絵画ではなく、絵画を趣味とした祖父の手によるものだとわたしは知っている。祖母が愛した風景を、祖父が描いた細密画。

シャルマンはその絵画を見つめて、微笑みながら「懐かしい風景だ」と言った。

シャルマンの言葉に、オリヴァーはあいまいに微笑んだ。扉の近くで立ち尽くしたままのわたしを、オリヴァーは不思議そうに見た。

「トウコ？」

「わたしっ」

言葉が重なった。じり、と後退りながら、驚くオリヴァーたちに向けてさらに言葉を続ける。

「お茶を淹れてきます。お話にお茶はつきものでしょう？　まかせてください」

「それはありがたいけど、トウコ？　どうかした、」

「茶葉の場所はわかるから、安心してくださいっ」

叫ぶように言い放って、わたしは再び、『アヴァロン』の外に飛び出していた。

追いかけられないように、あわてて扉を閉めたから、乱暴な音が響いた。でも見られたくなくて。わたしは今の自分の顔を見られたくなくて、そのまま早歩きで階段を上がっていく。

あっという間に階段を上りきって、はあ、と息を吐いた。

(あんなに変わってないなんて)

そう考えたわたしは、込み上げてくる感情的な衝動を必死で抑えつけた。

どうして『アヴァロン』の内装は変わってないのか。どうして祖母がいたときと同じ内装なのか。

『尊敬するエマ・ウィルソンが遺したレストランを、これからは自分が大切に盛り立てていくよ』

五年前に受け取ったエドガーさんの言葉が脳裏によみがえる。大切にしてもらってる。大切に守ってもらってたんだ。わたしの知らないところで、祖父母が生きていた場所は、ずっと。

強くそう実感して、わたしは唇を引き結んだ。

＊

どちらかと言えば、わたしは紅茶派だ。

もちろんコーヒーも飲めるけど、本当にくつろごうと思ったときには、ポットを温めて葉っぱから紅茶を淹れる。ティーバッグも淹れ方次第で美味しく飲めるけど、量が足りないんだ。一杯飲むたびに淹れ直すなんて、なんだか面倒だしね。

だからこれから込み入った話をしよう、という状況で用意した飲み物は、食器棚から探したティーポットに淹れた、たっぷりの紅茶だった。さすがは紅茶の本場イギリス。オリヴァーが持っていた紅茶葉には、ゴールデンチップがたくさん混じってた。

くつくつと泡立つお湯を眺めていると、懐かしい声が脳裏によみがえってくる。

――紅茶を淹れるなら、お湯はグラグラと沸騰させてくださいね。そう、２ペンス硬貨くらいの泡が出てくるほど、グラグラと沸騰させるのです。あらかじめ温めておいたポットに、ティースプーンを使って、人数分の茶葉を入れましょう。このときには、必ず、紅茶の妖精の茶葉も忘れないで。でないと美味しい紅茶は淹れられません。それがね、紅茶の妖精と人間の約束なんです。昔から、美味しい紅茶を淹れるときの決まりごとなのですよ――。

以前、祖母に紅茶の淹れ方を教わったときを思い出してほんのり温かな気持ちになりながら、お茶を淹れ終える。温めた茶器と一緒に、トレイにのせて階段を下りる。外界につながる階段は暗いからヒヤヒヤしたけど、つまづくこともなく、なんとか一階に運び終えた。

レストランの扉は開かれてて、オリヴァーが立って、わたしを待っていた。よたよたとティーセットを運ぶわたしを呆れたように見て、ひょいと片手でトレイを取り上げる。そのまま、ごく自然な動きでポンとわたしの肩を軽く叩き、レストランに入っていった。

突然のコミュニケーションに驚いて、続いて、バツの悪い気持ちになった。気づかれてたんだ、わたしが泣きそうになってたところ。

わたしは再び、扉の看板がクローズドになっていることを確認して、しっかり扉を閉めた。『アヴァロン』にはカウンター席とテーブル席がある。カウンター席のひとつにシャルマンは座り、その隣に立つオリヴァーが紅茶をサーブしていた。

どこに座ろうかと考えていると、シャルマンがわたしを呼んだから、そろそろとその隣に座った。オリヴァーが紅茶の入ったティーカップを置いてくれる。そのまま自分の紅茶もティーカップに注いだオリヴァーは、少し離れた位置にあるテーブル席の椅子に座った。

なるほど。スツールの向きさえ変えれば、わたしたちは向き合って話ができる。

「……エマの、味だな」

オリヴァーの選んだ席に感心していると、隣からそんな声が聞こえた。

シャルマンは目を閉じて紅茶の香りを堪能している風だった。思いがけない言葉に驚いていると、シャルマンは目を開けて、喜びが滲み出るような微笑みを向けてきた。

「エマの血統。そなたはもしや、エマに料理を教わっていたりするのか？」

あ、期待されてる。

シャルマンのワクワクした視線に気づいたわたしは、あわてながらティーカップから手を離す。

「ちょっとだけ。祖母が日本を訪れたときに軽く、教わっていました。でもちょっとだけです」

「それにしては手際が良かったようだけど？　まるでプロの料理人だと僕は思ったな」

シャルマンに答えたはずが、なぜだかオリヴァーが追及してくる。

どうしてわかるんだ、と、うめきたくなったけれど、別に隠すほどの事実でもない。わたしはうなずき、「調理師課程のある高校を卒業した後、レストランに勤めていました」と答えた。

とは言うものの、今のわたしは、堂々とした無職だ。

過去の一場面。人のいいオーナーが頭を下げる場面を思い出してしまったわたしは苦く笑う。

そんなわたしの様子から、簡単に追及してはいけないと考えたらしい二人は、同時に紅茶を飲み始めた。そんな様子を可笑しく感じながら、わたしもティーカップに唇をつける。

ん、ちゃんといつもの味になってる。

しばらくの間、わたしたちはそうして紅茶を飲んでいた。外からかすかなざわめきが聞こえる。クローズドの看板が効いてるのか、このレストランに入ろうとする存在はいない。

「ここは、どこなんですか」

やがて口を開いたオリヴァーは、それまでのやりとりを忘れたように静かに訊ねた。

ティーカップをカウンターに置いたシャルマンも、静かに答える。

「イギリスだよ。ただし、おまえたちがいたイギリスとは少々次元が異なる」

（ここもイギリス？）

そんなバカな、と考えた。こんなに違うのに、違う場所に来てしまっているのに、ここがイギリスだなんてそんなバカな話があっていいはずがない。

でも同時に、腑に落ちた部分もあった。

なぜ、わたしたちとシャルマンは会話ができる？　なぜ、クローズドの看板をかけただけで、このレストランを訪れる人がいなくなるんだろう。

少なくとも、わたしたちは同じ言語を共有しているのだ、という理解はできた。それでもやっぱり、ここがイギリスだなんて思えないんだけど。

わたしは首を傾げていたけれど、オリヴァーは完全に納得できたらしい。

「良いお隣さん《シーリー・ウィフト》の世界ですか」

（シーリー・ウィフト？）

シャルマンはその言葉に、嬉しそうに笑った。

「そうだな。そなたにはそう言ったほうが理解できるだろう。エマの血統には難しいようだが」

そこでオリヴァーは首を傾げているわたしに気づいたらしい。「あとで教えるから」とわたしに向かって短く告げたあと、再びシャルマンに向き直る。

「それでもこの現象のすべてを説明できていませんよね。なぜ、この『アヴァロン』が良いお隣さんの世界に移動しているのか。こんな大掛かりな不思議、相当の理由があるんでしょう」

「さすがにわたしもそこまでは知らない。わたしも驚いているところだ。この『アヴァロン』はただのありふれたレストランだったはずだ。……本来ならば、エマの血統が知って然るべきだが」

「知りません、なにも」

突然矛先を向けられて、でもわたしが答えられる言葉は、これだけだった。

（おばあちゃん）

困惑しながら紡いだ疑問は、とうに亡くなった祖母に向かう。

（どうしてこんなことを？）

わたしは祖母に憧れていた。祖母のような料理人になりたいと願っていた。

でも憧れた、と言いながら、わたしはろくに祖母のことを知らないのだと思い知らされて、知らないままで満足していた自分にも気づかされて、なかなか衝撃だった。

拳をぎゅっと握りしめて、わたしはうつむいた。そんなわたしを気遣ってくれたのか、シャルマンはさらに言葉を重ねてくれた。

「ただ、ここまで大掛かりな仕掛けは、エマには出来ない。おそらくは《魔法使い》が絡んでいるのだろうとは思う。彼を訪ねてみれば、あるいは――――」

シャルマンがそう言ったときだ。トントントン、と『アヴァロン』の扉が叩かれた。

わたしとオリヴァーはただちに緊張したけれど、シャルマンは呑気なものだ。「ふむ」と呟いて、あっさりと席を立つ。そのままわたしたちが止める間もなく扉を開けた。

「おやあ？」

扉の前に立ち、片手を掲げていたその存在は、とぼけた調子でそう言った。

わたしは息を呑む。ノックしただろう存在は、獣の脚を持つ獣人だった。小柄な身体にシャツとジャケットをまとっていたけれど、脚の部分はそのままだったから、異形だとすぐにわかる。

「シャルマンはんどすか。ごぶさたどすなあ」

（し、知り合い？）

わたしは狼狽えた。

獣人の紡ぐ言葉はゆったりと、独特のリズムがある。言葉を話すこと、それものんびりとした言葉を操る存在だとわかったから、その姿を見て反射的に抱いた警戒心はちょっと薄くなった。

シャルマンは笑う。

「ひさしぶりだな。そなた、エマのレストランにも商品を卸していたのか？」

「へえ。エマはんが儚くなられたとは知ってやすが、ひさしぶりに『アヴァロン』の明かりが灯っとったさかい、行商にお邪魔してみたんどす」

「なるほど。そなたらしい」

そう言ってシャルマンは、困惑しているわたしたちを振り返った。

「こやつは我が屋敷にも野菜を卸している農家なのだが、エマとも契約していたらしい。話を聞いてみるか？」

「ずいぶん突然の提案ですね」

ため息混じりにオリヴァーが言い、チェアから立ち上がった。わたしも動く。

シャルマンの言葉とわたしたちの反応に驚いたらしき、農家さんはきょとりと首をかしげる。

「話？　なんでっしゃろ？」

「この『アヴァロン』について、調べているところなんです。なんでもいい、あなたのご存知のことを教えていただけませんか」

「なんでも……」

オリヴァーの言葉を確かめるように繰り返した農家さんは、ニコッと笑った。

「旬の野菜を持ってきてます。それ購入していただけるならお話ししまひょ。いかがどす？」

うわあ。商売人だった。

わたしは思わずオリヴァーをうかがった。どう反応するかと思えば、オリヴァーはむしろ愉快そうに笑った。そのままシャルマンに視線を移して、「こちらの通貨は？」と短く訊ねた。

「紙幣は使えぬが、硬貨ならそなたたちの貨幣でも問題ない。価値もそう変わらぬ」

「さすがにカードは使えないわけですね、了解です」

それからオリヴァーは農家さんに向き直って「商品を見せてくれ」と告げる。ニコニコッと満足そうに笑った農家さんはくるりと身を翻して、扉から離れた。

その後を追いかければ、少し離れた場所に荷車が置いてあった。こんもりと山になっているものが、この世界の野菜だろうか。興味を惹かれたわたしはオリヴァーを追い越して、ひょこっと荷車をのぞき込んだ。一、二、三、……八種類の農作物が荷車に収まってる。よくもまあ、これだけの農作物がこの荷車に収まってるものだ。ぽろりとこぼれそうなものなのに。

「どれがよろしおすかなあ。マヌー、カーライル、サイカチーネ……どれもこれもおすすめでやすが、やっぱりデリシャどすか。エマはんもよう買うてくれました」

「……では、それを」

オリヴァーは購入する農作物にこだわりがないようで、農家さんがすすめる農作物をそのまま選んだ。農家さんがオリヴァーの言葉に反応して、ひとつの農作物を取り上げる。

それは紫色をした、丸いかたまりだった。

植物の実なのか、ぼこぼことしている。大きさはわたしの頭ほど。結構大きい。それが荷車の一画に山となっていた。農家さんは取り出した刃でパカリと半分に切って見せる。なかはあざやかなオレンジ色。四つに切ったひとつをオリヴァーにさしだし、もうひとつをわたしにさし出してきた。つい、そのまま受け取ってしまったのだけど、ええと、どうしたらいいのかな？

「ほう。見事に熟れているな」

感心したようにそう言ったシャルマンが、わたしの背後から手を伸ばし、四つに切られた農作物のひとつを取り上げる。そのままオレンジ色の実にかぶりついたから、わたしはちょっと驚いた。気品あふれる貴公子でも、そんなふうに食べるんだね。わたしとオリヴァーは思わず顔を見合わせたけれど、ひとつ頷きあって、同じようにかぶりついた。

（！）

「……美味しい、ね」

もごもごと口を動かして、わたしはオリヴァーの言葉に頷く。

初めて味わうそれは、なんと言えばいいんだろう、とてもさわやかな甘みを持った果物だった。柑橘系とは違うさわやかさ。たとえるならば、炭酸水系統のさわやかさだ。実はたっぷりとした水分を含んでいて、嚙みしめたらそれが口の中ではじける。ほのかに甘い水が喉を通っていった後には、ぷるんと炭酸ゼリーのような、でもそれより甘い果肉が口の中に残る。

「デリシャの実どす。いかがどすか」

「とてもおいしいです」

「エマの血統。おまえならこの食材、どのように調理する？」

シャルマンが完全に面白がっている声で訊ねてくる。わたしはごくんと飲み込んでから、考えてみた。この食材をどう調理するか？　頭の中に収めたレシピをざっと検索してわたしが選び出したレシピはイタリア料理のカルパッチョだった。だってこれだけ素材が美味しいのだ。なんとも絶妙な、この風味を活かしたレシピがいい。

「このままデザートとして食べるのもいいけど、ぶつ切りにして、塩でもんだ薄切りのお魚と和える。ワインビネガーにお砂糖、それにレモン汁を混ぜてドレッシングを作るの。さっぱりとした前菜になると思う」

「では、作ってみるか」

（え？）

思いがけない言葉に驚いていると、シャルマンはどこからか取り出した硬貨を農家さんに手渡す。オリヴァーも「シャルマン？」と驚いたように呼びかけた。シャルマンは楽しげに笑う。

「ひと口のりたくなった。情報料はわたしが支払おう」

「その代わり、トウコに料理を作れと？」

（え、え？）

なんでそうなる、と、呆然としている間にも事態は進んだ。どうやらシャルマンが渡した硬貨は高額だったらしく、荷車に積まれてたデリシャの、かなりの数を農家さんは『アヴァロン』に運び入れる。いくら美味しかったとはいえ、消化し切れるのか、と不安になる数だ。

ご機嫌に鼻歌を歌っていた農家さんは、「そうそう、『アヴァロン』についてどすな」と歌うような調子で、あっさりと軽く言ってくれた。

「『アヴァロン』はエマはんが改装したレストランどす。もともとあったレストランを、エマはんが改装してうちらも訪れられるようにしたんどすえ。もう五十年はむかしの話どす」

*

すっすっすっ、と包丁を動かしながら、わたしは腑に落ちない気持ちでいた。

いま作っている料理は、『アヴァロン』でくつろいでるシャルマンたちに食べさせる料理だ。

うん、なんでこんな展開になっているんだろうね？

首をかしげながら、とりあえず手を動かしている。

材料面で問題はなかったよ。オリヴァーの承諾を受けたわたしは、二階に戻って冷蔵庫を探った。そうしてスモークサーモンといくつかの食材を見つけて『アヴァロン』に戻ってきたわけだ。

するとと期待に満ちた眼差しで気品あふれる貴公子がわたしを見つめてきた。

その眼差しに「う」とたじろぎながら、わたしは調理を進めた。『アヴァロン』は長く閉店されていたけれど、オリヴァーが手入れしてくれていたんだろう。どこにも埃は落ちてないし、調理道具だって完璧に手入れされてピカピカだった。ひとさまが整えていた道具を使うことに対し、なんともいえぬ後ろめたさを覚えながら、それでも許可を得て調理道具を取り出す。

とりあえずサーモンは厚さ五ミリほどに削ぎ落とした。斜めに切ったそれを、さらに半分に切って、ステンレスのボウルに入れる。ひと切れ、かじってみると充分な塩気があったから、そのままにしておいた。

続いて、デリシャ、という名前の、異世界の実を取り上げた。半獣半人の農家さんがしたように半分に切ろうとしたけれど、まるでかぼちゃのように固かった。それでも力を入れると、すとんと途中からやわらかくなる。パカリと割れて、先ほど見たオレンジ色の果肉が現れる。ぶつ切りにして、サーモンを入れたボウルに放り込んだ。上から眺めると、緑が足りない。

だから再び二階に戻って、緑色の野菜を探した。

するとパセリが見つかる。これにしよう。包丁を使って、取り出したパセリを一株、細かく切り刻んでみた。ついでに玉ねぎも同じように切り刻む。

それらを別のボウルに入れて、レモン汁とワインビネガー、砂糖と塩を混ぜ込んだ液体を加える。最後にオリーヴオイルを加え、ぐるぐるとかき混ぜて乳化させる。そうして出来上がったドレッシングを、サーモンとデリシャにかける。

味見をすると、思い描いた味が口の中に広がった。

悪くない、と思う。

大きなスプーンでさらにかき混ぜて、白い平皿に盛り付けた。ちょっと凝ってみたよ。サーモンとデリシャをぎゅぎゅっとプリンの型に詰めて、ぽんと皿にひっくり返したら、お子様ランチのチキンライスみたいなお山になった。てっぺんに紙の旗をさす代わりに、バジルの葉を飾って、さらにスプーンの先を使って皿にドレッシングの模様を描く。

うん。なんとかひとさまに出してもいい料理になってくれたかな。

出来栄えに安心しながら、盆にお皿をのせる。用意した皿は二皿。シャルマンとオリヴァーのぶんだ。二人は今、カウンターに並んで座って待っている。調理中は意識しなかった二人の視線を改めて感じ取る。味見はしても試食しないまま、料理を提供するなんて初めてだ。

はたして、オリヴァーとシャルマンは満足してくれるだろうか。

カウンターを出て、そっと皿を二人の前に置く。ちょっと身を引いて「どうぞ」と告げれば、二人はカトラリーを持ち上げて、食事を始める。どきどきと心臓が大きく音を立てている。それでも二人の邪魔をしないように、そっとそっと片付けに動いた。

やがて。

「エマの血統」

シャルマンの呼び声が、静かな空間に響いた。ぴくんとわたしの肩が揺れる。

「足りない」

思わず顔をあげていた。ナイフレストにカトラリーを置いたシャルマンは、呆れを隠さない様子でわたしを見ている。その隣ではオリヴァーが苦笑している。二人の反応に肩から力が抜ける。反射的に確認したお皿はどちらも、すっかり空になっている。

あわてて二人を見つめれば、シャルマンの、笑いを含んだ声が聞こえた。

「まだ、エマには及ばない」

それはそうだ。でも空になっている皿が、相変わらずわたしの目には映っていて、シャルマンが告げる否定を、その言葉が与える衝撃を軽やかなものに和らげる。

「それでもこれは、充分に美味い。前菜として、まずまずだ」

「はい！」

しっかりと足を踏みしめて、わたしはそう応えた。

とりあえずおかわり、という嬉しい要求をされて、わたしは慌てて残りの料理を器に盛り付ける。たった一個のデリシャに一パックのスモークサーモン、けれど結構な量が出来ていたのだ。

オリヴァーもお代わりがいるかな、と視線を向けたところ、くる、と軽い音が響いた。

思わず動きを止めてしまったから、ごまかせない。わたしの腹の音だ。シャルマンがわたしを見て、オリヴァーは噴き出しながら立ち上がった。

「そういえば夕食を作ってる途中だった。そろそろ出来上がってるだろうから、二階からコテージパイを持ってくるよ。トウコも食べないとね」

そうしてオリヴァーは『アヴァロン』から二階に移動した。

難しい表情を浮かべていたシャルマンが、わたしの顔を見て皿を示しながら「食べるか？」と訊ねてきたから、大きく首を振る。とんでもない、どうぞ食べてください。

それにしても。

「まさかおばあちゃんがレストランを改装したなんて……」

オリヴァーがいなくなったから言えるぼやきを、わたしはようやく口にした。

『アヴァロン』の大きな窓から外を眺める。正体のわからない不思議な街灯が、さまざまな通行人を照らしている。昼間とはまるでちがう場所に移動してしまった『アヴァロン』――この不思議を、祖母がもたらしたなんて信じられない。祖母はただの料理人だったはずだ。

「おそらく、《魔法使い》に接触したのだろう。エマもなかなか大胆なことをする」

料理を口に運びながら、シャルマンが無造作に教えてくれた。

わたしは笑う。《魔法使い》だって。この現代にそんな存在がいるなんて信じられない。

でも、今、目の前にある現実は、信じるしかない、単純な事実なんだ。

「この現象は、具体的にはどういうものか、シャルマンは知ってますか」

「日が沈むと同時に、『アヴァロン』は我々の世界に転移し、日が昇ると同時に元の場所に戻る。現象としては単純だ。ただ、大きな騒ぎにならぬよう、目眩しの術も発動しているのだろう。まさしく《魔法使い》しか行えない大いなる技《アート》だ」

目眩し。そんなものまでされてたから、これまで誰も『アヴァロン』の不思議に気づかなかったんだ。ただ、昼間しか営業しないレストランだと思われてたんだろう。

わたしはぎゅっと拳を握りしめた。きっとシャルマンを見つめる。

「どうしたら、わたしは《魔法使い》に会えますか」

「ん？」

「理由を知りたいんです。なぜ、祖母がこんなレストランに改装したのか。どうしたら《魔法使い》に会えますか」

わたしがそう言うと、シャルマンは動きを止めてわたしを見た。

金と緑のまだらの瞳が、じっとわたしを見つめる。真剣な眼差しにたじろぐ気持ちがあったけれど、わたしは真っ向から立ち向かった。ここで動揺してはいけない。そう考えて見返していたとき、『アヴァロン』の扉が開いた。オリヴァーだ。「ごめん、待たせたね」と言いかけたオリヴァーはわたしたちの間に漂う空気に気づいたのだろう、訝しげに眉を寄せる。

「修羅場かい？」

「ちがいます」

どこかトボけた問いかけに、肩の力が抜けた。シャルマンも苦笑する。

わたしはカウンターの中に入り、食器棚から人数分の取り皿を取り出した。オリヴァーもカウンターに入り、コテージパイの皿と春キャベツのオーブン焼きの皿を置いた。どちらもほかほかと湯気を立てて、美味しそうだ。包丁を入れ、大きな調理用スプーンで料理を取り分ける。まず、シャルマンの前に置けば、彼は嬉しそうに笑った。オリヴァーは自分の分を持ってカウンターを出たから、わたしも自分の分を持ってカウンターを出る。シャルマンの隣に座った。

いただきます、と、両手を合わせて、スプーンを持ち上げる。

パク、と口の中に入れたコテージパイから、ふんだんに使ったハーブの香りが漂う。トマトソースを使ったコテージパイも作ったことがあるけれど、わたしはこちらのシンプルな味付けが好きだ。ハーブの風味がたまらない。塩が多めだから、物足りなさもないし。

なによりも祖母が教えてくれたレシピなのだ。我が家の味って感じがする。

「懐かしい味だな」

隣でシャルマンが言った。チラリと視線を向けると、嬉しそうにシャルマンは微笑んでいる。

「エマが使っていたハーブだ。おまえもこの料理に使うとはな」

「でもおばあちゃんには及ばない？」

「あたりまえだ。エマは特別だった」

身も蓋もない言葉だ。オリヴァーがわたしを見る。気遣ってくれたんだろうか。ところが気遣われたわたしはというと、シャルマンの言葉が嬉しくて、へへっと笑ってしまった。

わたしは確かに祖母からレシピを受け継いでいる。でも料理人として失格かもしれない。どうしても祖母が調味した味とはちがう味になってしまうのだ。祖母の味を再現できない。

だって、祖母は天才だった。

だから祖母は特別だったのだ。そんな事実をもう一度確認できた。それが嬉しい。

*

「『アヴァロン』の次代に訊きたいことがある」

改まった様子でシャルマンがそう言い出した。食後の紅茶を飲んでいるときだ。

何事かを考えながら紅茶を飲んでいたオリヴァーは、静かにシャルマンを見返した。

落ち着き払った様子は、シャルマンの訊ねたい内容を察しているような、そんな雰囲気を漂わせていた。

「なんでしょう」

「このレストランを、どうするつもりだ？」

率直な問いかけだった。

あまりにも踏み込んだ内容に、わたしは思わず動きを止めていた。オリヴァーを見る。オリヴァーはなぜかわたしをチラリと見て、シャルマンに視線を移した。

「できればレストランを続けたいと思っています」

「料理人《シェフ》がいないのにか？」

シャルマンは本当に遠慮しないなあ。それは他の場面なら感心する態度なんだけど、この状況ではハラハラしてしまう態度だ。わたしは息をひそんで二人のやりとりを見守った。

オリヴァーは強い眼差しでシャルマンを見返している。

「この五年、僕がこのレストランを営業しなかった理由は、この奇怪な現象を理解できなかったからです。日が沈むと同時に移動し、日が昇れば元に戻る。そんな現象に見えていましたが、それだけだと断言できませんでしたからね。他にもなんらかの現象が起きていて、うっかりレストランの客が巻き込まれたら大変だ。でも今日、僕はこの現象について手掛かりを得た」

オリヴァーの眼差しを受け止めて、シャルマンは、ふ、と笑う。

「わたしか？」

「そうです。それと先程の彼も言っていた。エマがこのレストランを改装して、自分たちが訪れられるレストランにした、とね。つまり、この現象は人為的な理由によって発生している。だったらその理由を突き止めて、この奇怪な現象を止めれば問題は解決する」

「その行動の意味を理解しているか？　それは我々を拒むと同意だが」

からかうように告げたシャルマンに向けて、オリヴァーはキッパリと言う。

「僕には夢がある。そのために、このレストランを使う。どんな理由があったにせよ、僕が引き受けた以上、このレストランは僕のものだ。必ず奇怪な現象を止めて、僕たちの世界に生きる人々が多く訪れるレストランにします」

「もう一度言うぞ、『アヴァロン』の次代。料理人《エマ》がいないのにか？」

「でもエマの孫がいます」

そうして、オリヴァーとシャルマンの視線が同時にわたしに向いた。

（え？）

そこで二人の視線がわたしに向く理由がわからず、パチクリと目を瞬かせた。

なんとも言い難い沈黙がしばらく続いて、くっくっとシャルマンは笑う。

「肝心の主役は、事態を把握していないようだぞ、『アヴァロン』の次代」

揶揄されたオリヴァーは平然とした態度を崩さなかった。

「そうでしょうね。僕はまだ、彼女をスカウトしていないから」

「スカウト？」

わたしがオリヴァーの言葉を機械的に繰り返すと、オリヴァーは「そうさ」と言う。

「トウコ・タカツキ。かの天才料理人、エマ・ウィルソンのレシピを知る彼女の孫娘。きみは知らないだろうけれど、エマのレシピを知って、さらにその料理を作れる料理人はね、数えるほどもいないんだ。レシピを渡してみても、きみほどエマに近い料理を作れる料理人はいない」

「わたし、おばあちゃんの味を全然、再現できてませんけどっ？」

叫ぶように言えば、オリヴァーはにっこりと笑う。

「コテージパイ、きみに作ってもらって正解だったよ。まさかエマのレシピを使ってくれるとは思わなかった」

「だったら、わかったはずでしょう。わたしの味は、おばあちゃんの味じゃありません！」

「向上の余地はある。それで充分さ」

だめだ、この人。人の話をぜんぜん聞いてない！

わたしが低く唸ると、ついにシャルマンは声をあげて笑い出した。苛立ちをかき立てる笑声だ。思わずきっと睨むと、シャルマンは口元を押さえながら「すまぬ」と言う。笑いながら。

「ならば、次代の働きに期待するとしようか。わたしはぜひともエマの料理を食べたい。なんとしても、もう一度。……まだ、わたしに時間が残されているうちにな」

（え？）

シャルマンの言葉はだんだん小さくなったから後半部分はよく聞き取れなかった。

それでもその言葉を告げたシャルマンの表情が、ふっと深刻な気配を漂わせたから、わたしはシャルマンを見つめた。すぐにわたしの視線に気づいたシャルマンは、朗らかに笑う。

「《魔法使い》の居場所を知りたいか？」

シャルマンは会話をしていたオリヴァーではなくわたしに向かって言う。

戸惑いながらうなずけば、にっこりとシャルマンは笑った。

「では明日の夜、再び訪れるから、エマのレシピで料理を作ってくれ。出来が良ければ、答えてやろう。わたしはこれで失礼する。こう見えても、忙しい身なのでな」

そう言いながら立ち上がったシャルマンは、『アヴァロン』の扉に向かって歩き出した。

扉を開ける。街灯がシャルマンの姿を照らし、影を大きく映し出した。わたしは息を呑む。大きく揺らいだシャルマンの影は、人間の形をしていなかった。すんなりと優美な手足を持つ……猫？　肩越しに振り向いたシャルマンは短く笑い、パチンと指を鳴らした。影はたちまち人間の形になる。一瞬だけの錯覚ではないことは、隣に並んだオリヴァーの表情からわかった。

「精進せよ、エマの血統」

そう言い残して、異国の貴公子は、『アヴァロン』から立ち去ったのだ。

間・彼は笑って喪失を受け入れた。いつものように。

建物の外に出れば、ひんやりと冷たい風が髪を揺らした。

空を見上げれば、満ちた月と星が煌めく。

(よい夜だ)

唇がたわいなくほころび、充足した吐息がこぼれた。腹は心地よく満ちている。ならば一杯、飲むことにするか、と、わたしはゆっくりと歩き出した。

(エマの血統か)

ひさしぶりにわたしを満足させる料理を作った娘を思い出す。異世界の娘。

エマと同じ、《完璧たる種族》だ。

紅茶色の髪、瞳、小作りに整った顔は、初めて会った頃のエマにそっくりだった。

もっともエマは慎み深く長く伸ばした髪を結いあげていたが、あの娘は肩ほどの長さに切りそろえている。似合っていると感じた。わたしの知らない、新しい姿の娘。

わたしは小さく笑い、そして再び夜の空を見上げた。

あのときと、変わらず輝いている月、そして星。

（だがおまえはもうこの世にはいないんだな。エマ）

あの娘を見たときに、流れた歳月の重みを改めて実感した。

無理もない。最後にエマに会って、再びあの料理を味わえるようになるまでに、この地には五十年という歳月が流れている。《完璧たる種族》であるエマには長すぎる歳月だ。

エマは、わたしが知らないうちに伴侶を迎え、子供を産んで、年老いて、そして死んだのだろう。

ふと左胸がきしむような感触を覚えた。唇は弧を描いたままだ。この瞬間に涙を流すことができたら、わたしもエマと同じ《完璧たる種族》になることができるだろうか。たわいもない思考に惑わされそうになり、弧を描いた唇を、今度こそ本物の笑みに変えた。

不可能なことを考えた。ばかばかしい。

泣くことも出来ない身ではあるけれど、それでも知己を悼む気持ちはある。

エマ、今宵はおまえのために杯を傾けよう。

第二章・異世界にて料理を振る舞う。

「きみがこのレストランを正す？」

シャルマンが立ち去り、衝撃の夜が開けた朝。オリヴァーに詰め寄られたわたしが目を瞑って必死の抵抗を叫ぶと、憮然としたオリヴァーの声が聞こえた。

「それは僕の果たすべき役割だよ。きみの役割じゃない」

「でもオリヴァーは《魔法使い》の居場所を知りません」

おそるおそる目を開けて言い返せば、先ほどまでわたしを圧倒していた迫力をすっかり消したオリヴァーが見える。声音と同じように、面白くなさそうな表情だ。

「きみもね。確かにシャルマンはきみに教えると言ったけれど、その条件、覚えてるの？」

「……シャルマンが満足する料理を提供できたら、です」

「そう。エマの料理に固執しているらしき、あのシャルマンがね」

そう言いながら、オリヴァーは視線を動かした。その先にあるテーブルには、昨夜、半獣半人の農家さんから購入した農作物がゴロゴロと転がっている。二人だけで全部食べ切れるだろうか、と不安になるくらいの量だ。シャルマンに出したように、料理にアレンジすると言っても限界があるし、異国（異世界？）の農作物だからお裾分けもできないところが、なかなか痛い。

「デリシャ、か」

農作物の名前をぽつりと呟いたオリヴァーは、わたしに視線を戻した。

「この名前に、聞き覚えは？」

「ありません。昨日まで見たことも食べたこともなかった食べ物なんですよ？」

「きみでもそうなのか。……でも僕は、デリシャ、という名前に覚えがある」

驚きに目を見開くと、オリヴァーはポケットからスマホを取り出した。何やら操作して、すっとわたしにスマホを差し出してくる。受け取ってのぞき込めば、英語で書かれた文書がスマホの画面に表示されてる。息を吞んだ。デリシャを使った肉の蒸し焼き。そう書かれていたのだ。

「これは、」

「エマのレシピ。きみ、このレストランと一緒に売却しただろう。メモに入力しておいたんだ」

思い出した。このレストランには、祖母のレシピノートが残されていたんだ。

弁護士さんに大量のレシピノートをどうしますか、と訊ねられて、当時のわたしは考えた。わたし自身は祖母からじかに料理を教えられ、ノートに記録していた。レシピを口頭で受け継いでいた。だから祖母から受け継ぐものはそれで充分だと考え、祖母の遺したレシピノートは祖母のレストランを受け継ぐ人に大切にしてもらいたいと言ったんだ。

「売却、というか、譲渡のつもりだったんですが」

「エマのレシピだよ？　無料で貰えるわけないだろう。レストランと一緒にありがたく購入させていただいたけれど、ひとつだけ、困った点があったんだ」

「と、いうと？」

「読めなかったのさ。エマのレシピは暗号で書かれてたんだ」

「はあ？」

予想もしなかった言葉に眉を跳ね上げると、オリヴァーは「嘘じゃないよ」と両手を掲げる。

「なんとか解読したけどね。信じられるかい？　レストランのレシピなんだよ？　それなのにシーザー暗号を用いて隠すなんてどんなレシピだって思うだろう」

「思います。……その、お手間をとらせました」

「でも、シャルマンに会って、デリシャを購入して、わかった。エマのレシピには良いお隣さん《シーリー・ウィフト》の世界にある農作物を使われていたんだってね。だから秘密にするしかなかったんだ」

「ちょっと待ってください」

今度はわたしが両手を掲げた。昨夜にも聞いた知らない単語も混じっているけれど、それ以上に、とんでもない発言をされている。

祖母の料理に、異世界の農作物が使われてたって、そんな。

「ちょっと、それは、どうなんでしょう……？」

グラグラと動揺する。というか、そろそろ頭痛が出てきてもおかしくない気がしてきた。

そうだよ。わたし、なんでここまで正気なの。

異世界だよ？　昨夜、異世界らしき場所に行って、料理して食べて、なんとか元の世界に帰ってきたかと思えば、オリヴァーにレストランの料理人にならないかと脅し、もとい、勧誘を受けてギリギリの状態になりながら反論して。

さらにトドメに、祖母の料理に異世界の農作物が使われてた、という事実まで知らされる。

――――そろそろ、限界なんじゃないだろうか、わたし。

というか、もう、限界になってもいいんじゃないだろうか、わたし。

そんな気持ちで頭を抱えているわたしの前で、けろりとオリヴァーは言う。

「問題ないと思うよ。良いお隣さん《シーリー・ウィフト》の農作物だって食べ物には違いないし。もちろんエマだって安全性を確かめて料理に使用していたようだしね。ほら、デリシャのレシピに書いてあるだろ。『デリシャはクルラホーンの果汁と果実を使って作った蒸し焼きは、夢のようにやわらかくなる。デリシャはクルラホーンの子供たちが大好きなおやつだから少々気が咎めるけれど、この美味しさには納得してもらうしかない』ってね。向こうでも子供に食べさせるくらいだ、安全性は間違いない」

「いいえ、わたしが言いたいことはそうではなくて」

いや、そういう問題なのか。そういう問題でもあるのか。

レストランに出すんだから安全性は大切。衛生面と同じくらい、とっても大切。でも本来は確認しなくてもいい事柄じゃないだろうか。異世界の農作物を使わなければいいだけなんじゃ。

（おばあちゃん）

ここ最近、わたしは何度も思い出の中にいる祖母に呼びかけている。懐かしさと慕わしさからではなく、どちらかといえば生前、あまり抱かなかった感情から。

（どうしてこんなことを？）

ご先祖から受け継いだレストランを、異世界仕様にするわ、異世界の農作物を料理に使うわ。トドメに、自分がした行動すべてを誰にも打ち明けないまま、亡くなってしまったことにすら、わたしは大いに文句を言いたい。盛大に申し上げたいですとも。

でも出来ない。祖母はもう亡くなっているのだから。

だからせめて、知りたい。祖母がなぜこんなことをしたのか、理由を知りたい。

知っている人がいないというなら、異世界の魔法使い以外にいないというなら、わたしは魔法使いに会う。

そのために。

わたしはもう一度、異世界の農作物を見た。デリシャという名を持つ農作物。祖母が使っていたという秘密の植物を使って、祖母の料理を再現できるなら。

「その気になった？」

わたしの話を聞いてないようでいて、しっかりわたしの反応をうかがっていたオリヴァーが訊ねてくる。オリヴァーの提案にはうなずけない。わたしはただ、祖母の墓参りにイギリスを訪れた旅行者にすぎない。それでも、祖母の真意を知りたいと思ってしまったから。

「……協力できるのは二週間だけですよ。帰りの飛行機のチケットはもう取ってるんだから」

「かまわないよ。労働ビザを取得するにも一時帰国は必要だからね」

ぜんぜん諦めていないオリヴァーの言葉に、わたしはもう、苦笑するしかなかった。

＊

オリヴァーは祖母が遺したレシピノートをすべてデジタル化していた。

だから材料の検索もできるようになったレシピノートから、デリシャを検索して、この植物を使うレシピを見つける。五百件近くあるレシピからヒットした数は三十九件だった。その三十九件のレシピを詳しく読んで、デリシャだけを使っているレシピをさらに選り分けた。するとレシピの数はぐっと減って、十二件になる。その中から今が旬の食材を使ってるレシピを選んだ。

つまり、エビのサラダと、鶏とリーク（西洋長ネギ）のポットパイだ。

さっそく近くのスーパーで材料を購入してきて、レシピ通りに作ってみた。

エビのサラダは、ドレッシングにデリシャの果汁を使う。甘く爽やかな風味はレモンともオレンジとも違っている、第三の爽やかさを味わうことができる。辛味にシラチャーソースを使ってるけれど、それが甘辛くいい感じになったんだ。エビによく合う。

鶏とリークのポットパイでは、デリシャを玉ねぎのように使った。刻んでふよふよしているオレンジ色の実を炒めたところ、だんだん透明になってくるところもそっくり。食べてみたら炭酸系の味わいが消えて、優しい味わいに変化したところにも驚いた。こちらのスープは塩胡椒だけで味つけするシンプルなスープだけど、それだけに油断できない。祖母が書き添えているアドバイスを丁寧に読み解き、アク抜きだっていつも以上に丁寧に済ませた。

さらにカップにかぶせるパイ生地にデリシャの皮をすりおろして加えたら、ふわ、とバターだけではない、別種の香ばしい匂いが漂って、パイが一味違う感じに仕上がったからこれも驚き。

大きな器ではなく、ココット皿にポットパイを作ったから、試食してみる。さくさく、とスプーンを入れて、パイ生地と一緒にスープをすくう。はぐはぐと食べて、涙が出てきた。

たまらなく、優しい味付けだ。

祖母が作ったこの料理を、わたしは食べたことがない。だから祖母の料理そのままだとはいえないだろう。それでもわたしはこの料理から懐かしさを感じ取っていた。不思議だよね、初めて作る料理で、初めての素材も使ってるのに、きゅうっと胸が切なくなるなんて。

コン、と軽く壁を打つ音が聞こえた。

振り返ると、用事を済ませてくる、と言っていたオリヴァーが立っていた。なぜだか唇に苦笑を浮かべている。わたしと視線が合うと、「僕も食べたいんだけど」と言った。

子供のように拗ねた表情を見て、わたしは思わず笑い出してしまった。

「もちろん用意しています。よかった、ちょうど呼ぼうとしていたところだったんですよ」

「本当に？　独り占めしようと思ったんじゃないの？」

「まさか。料理なんて食べてもらってなんぼでしょう」

そもそもお昼なんだ。泊めてもらっている代わりに、昼食を用意しようと思いつく程度の甲斐性くらい、わたしにもある。というか、そもそもわたしをなんだと思ってるんだ、と反論したくなりながら、オーブンからポットパイを取り出し、冷蔵庫からエビサラダを取り出した。

「さっそく、エマのレシピを活用したんだ？」

興味深そうにわたしの手元をのぞき込みながら、オリヴァーが言う。「ええ」と答えながら、わたしは料理をキッチンからダイニングに運ぶために、トレイとカトラリーを棚から取り出す。

「デリシャだけを使った料理は少なくて、ちょっと困りましたが、ちゃんと季節に応じたレシピがありました。今晩、シャルマンにも同じ料理を出します。ですから正直に批評して欲しいんですけど」

「いいよ。とは言っても批評する余地なんてあるかな？」

「あるに決まっています。レシピ通りとはいえ、初めて作った料理なんですよ」

ポットパイとサラダの皿とカトラリーをトレイにのせ、ダイニングに移動しようとしたら、オリヴァーがトレイを取り上げた。自分で運ぶ、という無言の主張を受けて、わたしは代わりに、水の入ったピッチャーとグラスをふたつ取り上げて、先を進むオリヴァーについていった。

ダイニングルームの、大きな窓から外の風景が見える。ほんの数時間前まで、まったく別の風景を映し出していたなんて嘘のように、洋画に登場するような建物と曇り空を、窓は映し出している。異国にいると実感させながらも、まだ鮮烈に覚えている異世界との差が、明確な風景だ。

「いただきます」

ぼうっと窓を眺めていると、そんな言葉が聞こえた。はっと我に返って、手に持ったピッチャーからグラスに水を注いでオリヴァーに渡す。「ありがとう」と告げたオリヴァーに笑い返して、同じように水を注いだグラスを持って、向かい側に座る。

わたしはもう食事を終えていたけれど、オリヴァーに付き合いたいと思ったのだ。

ミネラルウォーターを飲みながら、そっとオリヴァーの様子をうかがう。エビサラダから食べ始めたオリヴァーは、ごく普通に食事を進めている。少なくともまずいと感じている様子はない。そう考えてると、オリヴァーが視線を上げて、からかうようにわたしを見つめた。

「そんなに不安かい？」

気づかれないようにうかがったつもりだったのに。

気づかれていた気まずさを感じながら、「ええ」と答えてミネラルウォーターを飲む。

「大丈夫だよ。ちゃんと美味しい。おかわり、と言いたくなる程度にね」

「でも祖母の味とは違うでしょう」

「さあ？　僕はエマが作ったこの料理を知らないから、なんとも言えないな」

「言われなくたって、わかります。……どうしたらいいのかな」

言い放った言葉の後半は、独り言のつもりだった。

でもオリヴァーはしっかり聞き咎めたらしく、微笑みを苦笑に変える。

「レシピ通りに作ったんだろ？　だったらこのままでいいと思うけど」

「祖母の料理を味わったことがあるでしょう？　だったらこのままでいいとは思えません」

天才料理人だった祖母の料理を食べた人の反応を、わたしはよく覚えている。

一口食べると、夢心地になる。猛然と食べ始めたかと思えば、惜しむように食べ終える。

残念ながら祖母のレシピ通りに作っても、わたしは他人からそんな反応を引き出した経験はない。もちろん味見をしているのだ。他人に提供したら、ちゃんと美味しいと言われる味だと確認している。人によっては、そう、オリヴァーの言う通りに、おかわりと言いたくなる味だろう。

でも、それだけ。

祖母のように、料理を食べて得られる圧倒的な感動を、今のわたしには与えられない。わかっていた事実を目の当たりにして、わたしの気分はちょっとだけ沈み込む。

（これじゃ、シャルマンに満足してもらえるか、どうか……）

今晩、再び訪れると言っていたシャルマン。彼の舌にかなう料理でなければ、わたしはこの建物にかけられた魔法を解く手がかりを得られないというのに。

「祖父に電話したんだ。エマがレストランを改装したのはいつかってね」

わたしの反応に困った様子を見せながらも、食事を続行していたオリヴァーは話題を変えた。

思いがけない話に、わたしは目を瞬いて首を傾げる。

「祖父って、エドガーさんですよね」

「そう。僕が生まれる前から、エマが作る料理のファンでね。僕がこのレストランを購入する手助けをしてくれた理由も、エマに対して思い入れがあるからさ。その祖父が言っていた。確かに、もともとあったレストランの営業形態をエマが変えた時期は、およそ五十年前だって」

それまでは夜も営業していた、普通のレストランだったらしいよ、とオリヴァーは言う。

「大規模な変更だから、エマの先代、きみにとってひいじいさんにあたる料理人のなじみ客は反発したそうだ。客足も減った。それでもエマが改装を強行した理由はなんだろう？」

「わかりません」

わたしが率直に答えると、オリヴァーは苦笑を浮かべる。

「うん。若かりし日の祖父は、エマに訊ねたそうだ。もっとも当時は、異世界で営業してるなんて知らなかったから、単純に、営業を昼間だけに切り替えた理由を訊ねたらしい。そうしたら」

「そうしたら？」

「エマは笑って答えた。わたし、お酒をたしなむお客さまが苦手なの、って」

それはまた。

あまりにも想定外な言葉に、わたしはぽかんと口を開けた。奇妙な表情になっていたのか、オリヴァーは小さく吹き出した。むっと唇を閉じれば、オリヴァーは軽く手を振る。

「本気にとらないほうがいいよ。たまたま祖父にはそう答えたけれど、同じことを訊ねた他の客にはこう答えたらしいからね。つまり、わたし、夜は早くにぐっすり眠りたい性質なの、って」

わたしは軽く考え込んで、そろそろと推理を口にした。

「つまり、祖母は誰にも営業変更の理由を言わなかった？」

「まあ、言えるはずがない、とは祖父の言葉だ。そりゃそうだ、まさか良いお隣さん《シーリー・ウィフト》の世界に店を移動させて営業しているなんて、誰に言っても信じないだろう」

わたしは思わずため息をついて、あれ、とオリヴァーの言葉に気づいた。

「オリヴァー。エドガーさんにこの建物に起きている現象を話していたんですか」

そう訊ねると、「ああ」と答えたオリヴァーは、うんざりとした表情に変える。

「なにせ、現象が現象だろ？　はじめは僕の気が狂ったのかと思ったんだ。それで祖父に相談して、一緒に確かめてもらった。そうしてここで一晩を過ごして現象を確認したじいさん、なんて言ったと思う？『これはミステリーレストランとして売り出したほうがいいんじゃないか』だってさ。現実的じゃないことを平然として言うんだ。まあ、おかげで腹も据わったけど」

やれやれだと言いたげな、ため息混じりの言葉を聞いてわたしは笑ってしまった。

や、立場とか色々考えたらわたしが笑っていい言葉ではなかったのだけど、でもオリヴァーの遠慮のない物言いが、彼とエドガーさんとの仲を想像させて微笑ましいなあと感じたんだ。

そんなわたしを、オリヴァーは穏やかに見つめて、そして言った。

「あのさ。気負いすぎる必要なんてないから」

わたしが笑いをおさめてオリヴァーを見返すと、食事を終えたオリヴァーはトレイに空皿を移しながら無造作に聞こえる口調で続ける。

「きみはこのレストランで働くつもりがない。だからその代わりに、このレストランの不思議を解くなんて言い出したけど、その必要はない。繰り返しになるけれど、それは僕が頑張る分野だからね？　きみはきみのまま、したいように動いていいんだ」

その言葉を聞いて、わたしは心の底から反応の選択に困った。

ここにきて、急に梯子を外された気分だ。少なくともわたしは、シャルマンが告げた要望に応えるつもりで料理していたのに、と恨めしくも感じて、その気持ちをそのまま口に出した。

「今朝、あんなことを言ったのに？」

そうしたらオリヴァーは苦笑した。それから何も言わなかったけれど、気持ちは伝わってくる。夜になるとレストランは異世界に転移する。そんな非常識な現象を五年、体験してきたんだ。原因ではないけれど、関係者であるわたしに、鬱憤をぶつけたくなったんだろう。

今朝のわたしは動揺したけれど、オリヴァーの立場に立てば、しかたないと理解できる。

「わたし、諦めませんよ。シャルマンに認めさせる料理、作ってみせます」

確かにわたしは、このレストランで働くつもりもないし、このレストランの不思議な現象を正さなくちゃいけない必要もないのだけど、一度受け入れて、自分でも決めたことなのだ。

なにより、祖母の考えていたことも、知りたいと感じたのだった。

だからそう言い返したら、オリヴァーはしかたないなあ、と、言いたげに笑った。

「好きにしなよ。その代わり、僕も僕で、動くからね？」

思いもしなかった言葉に、身構えてたわたしは目を丸くした。

＊

四月のイギリスにおける日の入り時刻は、十九時を過ぎる。日本で生まれ育ったわたしからすると、ずいぶん遅いなと感じる時間だ。でもこれはまだ早いほう。五月、六月ともなれば、二十時、二十一時になると知って、戸惑ってしまった。

そんな時間でも明るいなんて想像できないなあ。

なぜそんなことが気になるのかというと、夜になると異世界に転移する、という『アヴァロン』の特徴のせいだ。日の出、日の入りなんて季節ごとに時間は変わる。そのたびごとに営業時間が変わるなんて、なんて不便なんだ、と思いついてしまったから。

わたしはいま、今夜、訪れると言っていたシャルマンのために、レストランのキッチンで調理をしている。メニューは昼間にも作ったエビサラダとポットパイ、シーフードとアスパラガスのガーリックバター炒めとデザートだ。もっとたくさんの料理を用意しようとしたけど、やめた。明らかに量が多くなってしまっている。今の量だって、シャルマン一人では持て余す量だろう。

それから出来れば美味しいタイミングで食べてもらいたい。

そう考えたわたしは、日の入り時刻を逆算して調理を始めた。でも想定よりも遅く、日が暮れようとしているから少々焦っているところ。パイ生地をのせた状態のポットパイはそろそろオーブンに入れないといけない、と、頭を悩ませているところに、大きな音を立てて、レストランの扉が開いた。たいそうな勢いで滑り込む気配がする。

ギョッとして振り向くと、肩を揺らしたオリヴァーがいた。昼食を食べ終えた彼は、どこかに出かけていた。どうやら転移の時間に間に合うように、どこからか急いで帰ってきたらしい。大きく肩を揺らしている彼を見て、なんとなくわたしはグラスに水を注いで持っていった。

「おかえりなさい。……大丈夫？」

荒い息を吐きながら、オリヴァーはチラリと笑う。顔を上げて、わたしが差し出したグラスに気づくと、「ありがとう」と言ってから受け取った。ぐいと飲み干し、腕で口元を拭う。

「こういう時は日本の、正確な運行が羨ましくなるね。列車が遅れるのが当たり前なんてよくない風習だよ、まったく」

「列車に乗って出かけてたの？　どこへ？」

「ロンドン。実家に用事ができてね」

はあ、なるほど。曖昧に答えながら、わたしの頭は疑問符でいっぱいになる。

この状況で、わざわざロンドンに行かなければならない用事ってなんだろう。そりゃもちろんオリヴァーにだって生活があるのだから、わたしの知らない用事が芽生えても納得なんだけど、と考えながら、オリヴァーが肩から下げている大きなボストンバッグが気になった。

確か出かける時には持ってなかったはずだ。

そう思ったとき、ふ、と、すべてが変わった。

薄暗くなり始めた時に室内灯を点したから、部屋の中に変化が起きたわけじゃない。ただ、開け放たれたままの扉から見える風景が、完全に変わった。本当に一瞬で、だからこそ驚くしかない。わたしの様子を見たからか、オリヴァーは扉を振り返り、「よかった」と笑う。

「ギリギリセーフだったわけか。間に合わなかったらどうしようかと思った」

わたしはオリヴァーが持っているボストンバックをちょいちょいとつついた。

「これが、オリヴァーの対策？」

出かける前にオリヴァーは言ったのだ。わたしがシャルマンから情報を引き出すために料理を作るように、オリヴァーもオリヴァーで動いてみる、と。だからそのために必要なものを取りに行ったのかな、と思いついて、ちょっと言葉足らずな質問で訊ねてみた。なんとか、わたしの意図は通じたらしい。「そう」と笑って、オリヴァーはカウンターキッチンに視線を向けた。

「トウコの対策は、……まだ途中か」

「しあげる時間を測り損ねてしまって。でもすぐ、調理します」

そう言って、わたしは再びカウンターキッチンに入った。オリヴァーからグラスを受け取り、洗ってから、ポットパイをオーブンに入れる。ボタンをひねって加熱を始めた。

シャルマンは今日来る。たぶん昨日と同じくらいに。

オリヴァーはドサリとカウンターに腰掛けた。昨日、シャルマンが腰掛けた席の隣、わたしが座った席に座って、そっとボストンバッグを足元に置く。その中身が気になったけれど、それよりオリヴァーだ。ロンドンとこの街をつなぐ列車が往復に必要とする時間を想像したら、夕食なんて食べていないんだと簡単に想像がつく。

何を食べさせようと考えていると、ジリリリ、と、特徴的なベルの音が響いた。

シャルマンが、来た。わたしはカウンターキッチンから扉を振り返り、音を鳴らしてオリヴァーはスツールから立ち上がる。すらりとした背中を追いかけるように、わたしもカウンターキッチンから出た。

わずかに緊張した様子のオリヴァーが扉を開けば、立っていた人物は二人。

シャルマンと、もう一人。そう、シャルマンにはつれがいたのだ。それもとびきり綺麗な女の人。豊かな銀色の髪を結い上げ、豊満な体のラインがわかるドレスを着ている。オリヴァーの春の海のような色合いとは違う、冷たく澄み切った紺色の瞳がわたしを見つけたとき。

「エマっ」

女の人は意外なほど素早く動いて、わたしに駆け寄ってきた。喜びに溢れた表情が見えたと思った次の瞬間、がばりと女の人がわたしを抱きしめる。ふわりとやわらかな温かさに包まれ、いい匂いがわたしを取り囲んだ。すりすり、と、わたしってば美女に頬ずりされている。

（え、えー……？）

「ひさしぶりだのう。元気にしておったか」

ちょっと低い、でも女性らしく甘やかな声が、わたしの耳元で響く。

いや、わかってるよ。抱きしめられて、耳元で囁かれてるってことくらいは。でもどうしてこんな状況になったのか、わたしにはさっぱりわからないから困惑して、手も宙に浮かせたまま、美女の身体越しに助けを求めた。驚いた様子のオリヴァーはシャルマンに視線を流し、わたしたちの視線を受け止めたシャルマンは苦笑して、美女に向かって口を開いた。

「そこまでだ、サピエンティア。エマの血統が困惑している」

「黙りゃ、無骨もの。わらわとエマの再会に水を差すでない」

「落ち着けと言ってるのだ。そもそも、その娘はエマではないぞ」

「なにをバカなことを」

そう言いかけた美女、サピエンティアはようやく腕を解いた。わずかに首を傾げ、見上げているわたしの顔をマジマジと見つめる。と思いきや、再び、ひしっと抱きしめてくる。ぐえ。

「どう見てもエマではないか。さてはそなた、わらわを羨んでおるな？　エマを抱きしめたいのであろ。残念だのう、男である限り、わらわのような行動はたやすくできぬ」

「女であっても遠慮するべきだろうな。いい加減にしろ、サピエンティア。放り出すぞ」

シャルマンの声は穏やかなものだったけれど、本気の響きを感じ取ったのだろうか。いかにもしぶしぶといった様子でサピエンティアは腕を解いた。解放されたわたしは、ほっと息を吐きながら、そろりと美女から距離を置く。

いや、だってねえ。さすがにねえ。

　完全に困惑しきっているわたしの様子を見て、さすがに自分の勘違いに気づいたのだろう。サピエンティアはちょっと悲しそうに唇を結び、けれどすぐに、微笑みの形に唇を変えた。

「失礼したの、エマの血統。わらわはサピエンティア。エマの友人じゃ。そなたは、」

「エマの孫です。橙子。高槻橙子と言います」

「トウコか。なんとも可愛らしい響きの名じゃな。わらわの無礼を許してたも。あまりにもそなたがエマに似ておったゆえ。……老年のエマも知っておるのに、暴走してしもうた」

　妖艶な美女が、幼女のように首を傾げて許しを乞うてきた経験はありますか？　わたしにはありません。だからそのかわいらしさに、わたしはぶんぶんうなずいて、彼女が言う無礼を許してしまった。そもそも、いきなり距離を詰められたから驚いただけだもの。

　わたしの許しを得たサピエンティアはぱあっと表情を輝かせ、シャルマンを勝ち誇ったように見た。シャルマンはというと、そんな彼女に呆れたようにため息をついている。なんだか二人の関係がよくわかるなあと考えていると、オリヴァーがシャルマンに話しかけた。

「かわいらしいかたですね、シャルマン？」

「いつまでたっても子供気分が抜けないようで困っている。サピエンティア、座れ」

「ふん。無調法者の指示など受けぬわ」

サピエンティアはつんと顎を上げて、カウンター席に並んだスツールに腰掛けた。

やれやれ、と言いたげな表情でシャルマンはその隣に座る。オリヴァーはというと、床に置いていたボストンバッグをそっと移動させた。わたしもあわててカウンターキッチンに入る。

「精進したか、エマの血統」

カウンター越しに、シャルマンの笑顔が見える。つられて笑い返しながら、わたしは答える。

「まだ、たった一日しか経ってないよ、シャルマン」

「二十四時間、立派な修行時間ではないか。期待してもいいのだろう？」

そう言いながら、シャルマンは稼働し続けているオーブンに視線を向ける。ポットパイはまだ加熱途中だ。完成するまで、用意しておいた前菜を出しておこう。シャルマンに連れがいるなんて思いがけない事態だけど、なんの、多めに用意したから対応できる。

と、その前に。

わたしは冷蔵庫を開いて、用意しておいた飲み物を取り出した。お酒の提供はしないけれど、特別なドリンクがないのも寂しい。だから用意しておいたノンアルコールのサングリアだ。ぶどう、オレンジ、パイナップルのジュース、それからデリシャの絞り汁を混ぜ合わせておいた。

食器棚からグラスを取り出そうとすると、カウンターキッチンに入ったオリヴァーが冷蔵庫から取り出したオレンジを飾り切りにした。どうやらわたしのサポートをするつもりらしい。オリヴァーが切ったオレンジをグラスのふちに添えて、シャルマンとサピエンティアの前に並べる。

ふふ、とサピエンティアが笑う。

「綺麗な色をしておるな。では、いただくかの」

そう言って、美麗な男女はグラスに口をつける。オリヴァーがわたしの腕をつついた。

いかん、思わず見守っていたけれど、サクサク動かなくちゃ。わたしはそっとカウンターキッチンの中で動き、コンロの前に立った。下拵えだけしておいた料理を手早く作る。

その間、会話を交わすシャルマンたちの声が聞こえていた。もっぱらサピエンティアが話し、シャルマンが短く突っ込む。オリヴァーが適度なバランスで合いの手を入れる。

初めて会ったばかりの相手に、よく会話できるなあ、とオリヴァーのコミュニケーション能力に感心しながら、ほかほかと湯気を立てている料理を皿に出した。

「これは？」

シャルマンとサピエンティアが期待に満ちた目でわたしを見つめる。たじろぎそうな気持ちをこらえて、わたしは口を開いた。

「アスパラガスとシーフードのガーリックバター炒めです。こちらの食材を使ってないんですけれど、作ったら祖母がとても喜んでくれた料理ですから、今日のメニューに加えてみました」

「ほう、エマが」

二人は顔を輝かせ、カトラリーを持ち上げる。そろそろと丁寧に切り分け、そっと口に運ぶ。あ、と思った。たちまち頬を緩め、咀嚼する姿を見て、ちょっとだけ、思った。

まるで祖母の料理を食べた人のような反応だと。

（きっと、祖母の名前が効いてるのね）

自分の気を引き締めるように思い直したところで、オーブン調理が完了する。しばらくこのまま保温状態にしておいてもいいだろう。再び冷蔵庫に向かう。作っておいた特製ドレッシングを少し混ぜて味をなじませておいたサラダとドレッシングを取り出したときだ。

「《魔法使い》は今、こちらの世界にはいないらしい」

シャルマンの声が響いた。

思わず動きを止めてシャルマンを見つめると、彼はグラスに口をつけたところだった。

こくりと喉仏が動く様子を見届けて、わたしはためらいがちに口を開いた。

「それでは《魔法使い》はどちらに？」

するとシャルマンを押しのけるように、サピエンティアが身体を乗り出してきた。

「トウコは《魔法使い》に会いたいのじゃな？　それならば夜を待つ必要はない。なぜならこの百年、《魔法使い》はそなたらの世界で暮らしておるからの」

「は？」

思いがけない言葉に、言うつもりがなかった単語が口から溢れた。サピエンティアの言葉を頭の中でゆっくり繰り返して、ごく自然な動きでオリヴァーと顔を合わせる。

オリヴァーも驚いた表情を浮かべていた。その表情を見て、今の言葉が聞き間違いではないと悟る。

「わたしたちの世界にいるんですか？　その、このレストランに魔法をかけた人が？」

シャルマンがため息をついて、サピエンティアに視線を流した。

「どうやらそうらしい。わたしはこのところ、《魔法使い》と交流がないから知らなかったが、五十年前、エマが《魔法使い》に助力を求めたときに、こやつが仲介したそうなのだ」

「あのエマが、知り合ったばかりのわらわを頼ってきたのだもの。嬉しくての、すぐに《魔法使い》に関する情報を教えた。エマもすぐに動いた。それだけ魔法が欲しかったのじゃな」

シャルマンがサピエンティアを連れてきた理由が明らかになった。

つまり、祖母が《魔法使い》に依頼するときに仲介してくれた人物だからだ。シャルマンの知人だと捉えていた認識が変わる。祖母と親しかったようだし、サピエンティアはもしかしたら、祖母が魔法を求めた理由も知っているのかもしれない。

わたしはキュッと唇を結び、エビサラダを二つの皿に取り分けて二人の前に並べた。ドレッシングボトルも置いて、「季節のエビサラダです。デリシャス入り特製ドレッシングでお楽しみくださいい」と告げる。二人の話をもっと聞きたかったけれど、そもそもはじめの条件を忘れてない。祖母のレシピで作った料理で満足させることによって、わたしは情報を得られるのだ。

「エビか。そういえば、エマが好んでいたたな」

「……エクレーヌもじゃ。シャルマン、そなた、会いに行っておらぬであろ」

アスパラガスの空いた皿を回収して洗おうとしたら、オリヴァーが取り上げて洗い始める。だからわたしは二人の様子を観察していた。ポットパイを出すにはまだ早い、と考えたところで、二人の会話が不自然に途切れたことに気づく。なにげなく二人を見て、ちょっと驚いた。

シャルマンとサピエンティアが睨み合っている。

やがて、シャルマンはサピエンティアから視線を外す。カトラリーを動かしてエビを口に運んだ。サピエンティアはそんなシャルマンを見つめたままだ。その鋭い眼差しに応えるように、咀嚼を終えたシャルマンは口を開く。

「会うつもりはない。まだそのときではないからな」

「なぜじゃ？　そなたが戻ってこられたということは、決着はついたということであろ」

「ついてなどいない。あいつの不始末は、まだ終わってないのだ」

それはサピエンティアにとって思いがけない言葉だったようだ。目を大きく見開き、シャルマンの横顔を注視する。シャルマンは応えない。ただ、その指がさすらって眼帯に触れた。

「それは、まだ外せぬのか」

（いけない）

わたしは唐突に我に返った。

なにを聞いてるんだ、わたしは。お客さまの会話に聞き耳を立てるなんて、やっちゃいけないことだろう。洗い物はオリヴァーが済ませてくれた。だからもう一度、会話に意識を向けないように二人の様子を観察し直して、オーブンを開ける。ポットパイはまだ湯気を立てている。

「お待たせしました。今日のメイン、鶏とリークのポットパイです」

沈黙を続ける二人に話しかけた。それぞれ考えに沈んでいた様子のシャルマンとサピエンティアはどこかほっとしたように、わたしが抱えるポットパイを見つめる。ことんことんと二人の前に皿を並べて、空になっていたサラダ皿を回収する。オリヴァーがたちまちに皿をさらった。

わたしは小声でオリヴァーに話しかけた。

「ありがとう。でもお腹空いてない？」

こそこそっとオリヴァーはささやき返してくる。

「実はかなり空いてる。でも我慢できないほどじゃないよ」

うーん。オリヴァーもあちら側に座ってくれてもいいいんだけどなあ。でも本人の気持ちを優先してもいい場面だし、と考え直して、わたしは残り一品になったメニューを振り返った。

前菜、主菜、そしてデザート。

だから冷蔵庫で眠っているデザートを取り出すタイミングをうかがって、カウンター前の二人を見つめる。少し前の険悪な雰囲気が嘘のように、二人は和やかに、ポットパイのパイ皮をスプーンで崩しながら食べている。とりあえず口にあっているようで良かった。そう考えていると、サピエンティアが顔を上げてわたしに笑いかけた。

「知らぬであろ、トウコ。デリシャの実を使ったパイを作った初めての人物は、エマなのじゃ」

その言葉には、わたしだけではなくシャルマンも驚いたようだった。

ぴたりと動きをとめ、サピエンティアを見つめる。シャルマンのそんな様子をチラリと見たサピエンティアは、ふふん、と勝ち誇ったように笑った。どうやらシャルマンを驚かせたことが嬉しいらしい。わたしに話しかける風でいて、シャルマンにも聞かせるように言葉を続ける。

「このレストランを開いてから、エマは精力的に動いた。珍しい食材があれば農家に掛け合って、様々な調理に試す。希望する者が出てきたら、気安く弟子に迎え入れる。だからの、この五十年で、この世界の外食事情はかなり変わった。この『アヴァロン』のように、夜、気軽に訪れることができるレストランが増えたのじゃ。それはエマが築いた、この世界での偉業といえよう」

それは、わたしの知らなかった祖母の姿だった。

わたしは祖母に憧れていた。レストランを昼間しか営業していないにもかかわらず、ときには有名レストランのシェフまで惹きつける、そんな天才料理人なのだと捉えていたのである。

でも祖母の功績はそれだけではなかったのだ。わたしの知らない、この異世界にこそ、祖母の功績は存在していたのだ。そう認識したとき、切ないような、ちょっと苦しい気持ちになった。

だって、わたしは、祖母からひと言も、異世界なんて聞いたことがない。

話してくれても良かったのに。イギリスに来てから抱いた不満が、ぽとんと大きな塊になる。

そんな塊を扱いかねて、わたしは曖昧に微笑んだ。シャルマンが口を開く。

「わたしが居たころにもエマは料理をしていたが、そこまで精力的になっていたとは驚きだ。あの娘はもっと、ささやかなところで満足していた娘だっただろう？」

「ふん。そんなありさまだから、わらわに、節穴、と呼ばれるのじゃぞ、シャルマン」

からかいよりも、もっと何事かを秘めた調子でサピエンティアは言い放った。

シャルマンは眉を寄せ、オリヴァーが何事かに勘づいた調子で「そうか」と言う。

「シャルマン。あなたは長く『アヴァロン』を訪れてなかったのですね」

なんでそんな言葉が出てきたんだろう。不思議に思ってオリヴァーを見上げたけれど、オリヴァーはわたしを振り返らないで、シャルマンを見つめていた。

見つめられているシャルマンはといえば、軽く息をついた。

「その通りだ。事情があってな、わたしはこの五十年、『アヴァロン』を訪れていない」

「その事情についてお訊きしても？」

どんどこ追求するオリヴァーに、シャルマンは困ったように微笑んだ。

「それは、容赦して欲しい。軽々しく話せることではないのでな」

シャルマンが穏やかに拒絶する隣で、サピエンティアは神妙な表情を浮かべている。

その表情を見て、わたしは悟った。

知ってるんだ、サピエンティア。シャルマンが長く『アヴァロン』を訪れられなかった理由を。

追求してみようか、という考えがチラリと浮かんだ。

でもわたしは結局、沈黙を守ったまま、冷蔵庫に向かう。もう、デザートを出してもいい頃合いだと感じたのだ。二人とも、もう、ポットパイを食べ終えている。

どんなデザートを用意していたのかというと、フルーツ・フール。

愚か者、という、なかなか酷い名前のデザートだ。でもとても簡単に作れて、おまけに美味しい。果物をピュレにして、生クリームやヨーグルトと混ぜて冷やすだけなんだもの。ポットパイが重めだから、口直しにもちょうど良いと考えて用意しておいた。ちなみに今日使った果物はブルーベリー。とは言っても冷凍ブルーベリーを使ったんだけどね。

フルーツ・フールを盛りつけた小さなグラスを二人の前に並べる。サピエンティアも、意外なことにシャルマンも、嬉しそうに頰をほころばせた。

良かった、甘いもの、平気なんだ。

デザートを用意する必要はあるかな、とギリギリ迷っていたから、二人の反応が嬉しかった。

「……ずいぶん、馳走になったな」

やがてシャルマンがそう言った。

祖母も魔法も関係ない話題をサピエンティアと話していたわたしは、どきりとした。その声の調子で、シャルマンが今日の料理を評価しようとしているとわかったから。

はたしてシャルマンはわたしの料理に満足してくれただろうか。祖母の意思を知るために、魔法使いの情報を得たいという気持ちはある。でも単純に、料理をもてなした人間として、シャルマンたちを満足させられたか、という事実が、とても気になっていたのだ。特にシャルマンは、本人曰く、祖母に胃袋を摑まれていたそうだから、余計に気になった。

穏やかにわたしを見つめて、シャルマンは微笑んだ。

「うまかった。さすがはエマの血統だな」

一拍置いて、わたしも微笑んだ。嬉しかった。ほっとした。

それでも忘れちゃいけない一言を、わたしの方から添えた。

「でもおばあちゃんには敵わないんでしょう？」

「あたりまえだ。エマは特別だった」

サピエンティアとオリヴァーが慌てる気配がする。でも見つめあっているわたしたちにはわかっていた。シャルマンの言葉は、わたしを貶める言葉じゃない。ただ、それだけ、祖母は特別だったのだと、再確認しあう、わたしたち共通の、いわば合言葉だ。

シャルマンはレストランの室内に視線を向ける。

祖母が愛した風景を、祖父が描いた細密画が並んでいる壁を、じっと見つめて再び口を開く。

「わたしがいない間にも、エマは健やかであったとわかって嬉しい。ただ、悔しいと思う。この五十年、エマが作ってきただろう、たくさんの料理を、わたしは一口も食べていない。食べられなかった。失われた五十年を悔いたりしないが、それでも未練が出てくる。次々と」

率直に語られる心情に、神妙な心地になった。

さっき、オリヴァーが訊ねた事情を、わたしも訊ねたい気持ちになっていたのだけど、そんな疑問は容易に口に出せない雰囲気だった。簡単に語ることのできない事情がある。シャルマンはそう言っていた。だったら今、わたしが訊ね直しても答えてくれないのだろう、きっと。

「だがそれが、わたしとエマの、縁の形なのだろう」

震えるような声でシャルマンはそう言い、再び、わたしに視線を戻した。

金と緑の混じり合ったような右目は、それでも穏やかに微笑んでいる。

「《魔法使い》はこの世界にはいない。エマが生きた世界で暮らしている。そうだな、サピエンティア？」

なぜだかシャルマンを強い眼差しで見つめていたサピエンティアは、問いかけるようなシャルマンの言葉に、まずはため息をついた。それから軽く頭を振り、わたしを見る。

「……《魔法使い》はの、そなたらと同じ世界、同じ国で暮らしている。稀代の魔法使いであるくせに、人間の職業を得て、人間の名前を名乗って暮らしている。わらわが知っておるのは、その名前だけ。馳走になった礼に、その名前をそなたらに教えよう」

一息ついて、サピエンティアは明瞭な声で告げた。

「エドガー・ジェレマイア・アレクシス・アシュバートン。そう名乗っているようじゃ」

あれ、とわたしは思った。その名前、覚えがある。

「え、」という音が聞こえた。オリヴァーだ。声を捉えたとたん、悟ったわたしは息を呑んだ。

エドガー・ジェレマイア・アレクシス・アシュバートン。

知っているはずだ、覚えがあるはずだ。五年前、祖母の弁護士が知らせてくれた名前。この『アヴァロン』を、オリヴァーの代わりに購入してくれた人の名前だ。

オリヴァーの、おじいさんの名前なのだ。

驚きに動きを止めているわたしたちを見て、不思議そうにサピエンティアが首を傾げる。シャルマンが軽く、その背中を叩いた。促されて、サピエンティアは『アヴァロン』の出口に向かう。

シャルマンはじっとわたしを見つめた。

惜しむように、刻みつけるように見つめて、莞爾と笑う。

「ではな、エマの血統。このレストランの魔法が解かれる以上、もう、会うことはないのだろうが、末長く健やかであることを、わたしは祈っているよ」

そう言って、シャルマンも『アヴァロン』から出て行った。

間・邂逅はひとときだけのものだと彼は知っている。

「たわけものめ」

『アヴァロン』から出たとたん、知己の娘が告げた言葉に、わたしは面食らった。

「サピエンティア？」

「なぜ、せっかく会えたエマの孫娘に別れを告げるのじゃ。たとえ『アヴァロン』の魔法が解けたとしても、もはや自由の身であるそなたは、いつでもトウコに会いに行ける身であるのに」

そう言い放った娘は、どうやら半端に告げたままになっていた、わたしの言葉の意味を理解してないらしい。だから両手を頭の後ろに回して、眼帯の留め具を外した。

それからそのまま、眼帯を外したままの面をさらして、娘を見た。

鋭く息を呑む音が響く。

（ようやくか）

あらわになった左目はきっと、渦巻きのように様子を変えているのだろう。それがどういう意味を持つのか、今度こそ、サピエンティアは悟ったに違いないのだ。言葉を失い、愕然としている様子に、つい苦笑が浮かんだ。再び眼帯を身につけながら、告げる。

「だから、言っただろう。エクレーヌの不始末はまだ終わっていないと」

改めてそう言えば、サピエンティアの秀麗な顔が、苦渋に歪む。

――かつて、この娘には無二の親友がいた。

海底の城に住まう、気位の高いうるわしの姫君。将来を嘱望されていた娘だ。

わたしは、彼女の親に頼まれて教師の真似事もしていた。一を聞いて十を知る、聡明な娘だった。他のものと同じ程度に期待していたが、その期待はみごとに裏切られた。

あの姫君を思い出すと、わたしの気持ちは暗く深く沈み込んでしまう。

エクレーヌは本来迎えるべきだった未来を剝奪され、幽閉されているという現状を聞いて、わたしは苦い気持ちになった。そこまでしなくとも、という気持ちと、さもありなんという気持ち、両方の気持ちが複雑に絡み合う。サピエンティアが望むように、姫君の減刑を申し出たい気持ちもあるが、他の諸侯がこの左目を見たら受理するはずがないと理解できていた。

姫君の過ちは、未だ続いている。わたしの未来もまだ、深く蝕まれているのだから。

第三章・ロンドンにて魔法使いに会う。

――急募！　一言も話さない人間と快適に過ごす方法！

なんて、たわけたことを考えながら、わたしは列車の席に座っていた。

向かい側には、愛想をどこに捨ててきた、と追求したくなるほど、仏頂面になったオリヴァーがいる。自分の考え事にいっぱいいっぱいらしく、移り変わる窓の外の風景に目もくれない。

ロンドンに到着するまでこのままかなあ、と思えば、深いため息も出ようというものだ。

（でも、無理ないか）

なんてったって、シャルマンとサピエンティアが教えてくれた事実は、それだけの衝撃が伴う。

血の繋がった家族が、実は異世界人でした、という事実だけでも衝撃的だと思うけど、オリヴァーの場合、それだけじゃない。五年間、オリヴァーを悩ませ続けた『アヴァロン』の現象に家族が関わっており、おまけにその事実を知らされなかったという事情まで重なるのだ。苛立ちは当然だし、これまで持っていた信頼だって、ぐっちゃぐちゃだろう。

事実、オリヴァーはシャルマンやサピエンティアが帰宅した後、すぐに携帯電話に飛びついたのだ。まだ異世界にいるにもかかわらず、どこかに、おそらくはエドガーさんのおうちに電話していた。電話が通じるわけがない事実に遅れて気づき、激しく舌打ちした姿をわたしは覚えてる。

朝になって異世界から帰還しても、まったく通じない電話に業を煮やして、直接、ロンドンに向かうとオリヴァーが言い放ったとき、わたしは心配になって「ついてく」と言ってしまった。

だってねえ、二人が会ったとたん、激しい喧嘩が起こりそうだったんだもの。

さすがにそれは見過ごしたらいけないよね、と考えての申し出に、何を考えたのか、オリヴァーは反対しなかった。ただ、「三十分で出るよ」と言われて、あわてて支度した。ごはんも食べてない。お腹が空いてるんだけど、食事する余裕なんてあるかしら、と思ったときだ。

ぐううう、と凄まじい音を、わたしの腹が鳴らしてしまった。

思わず、パッとお腹を押さえた。そろりとうかがうと、さすがに驚いた様子のオリヴァーがわたしを見ていた。気まずい気持ちで見つめあって、ふっとオリヴァーが笑った。

「すごい音だね」

正直な発言だと思うけれど、紳士なら言わない発言じゃないかな？

そもそも誰のせいだと思ってるんだ、という気持ちを込めて、ジト目で見返せば、オリヴァーは無言で両手を掲げた。「ごめん」と短く謝ってきたから、わたしは寛大な心で受け止める。

「せめて一等車を選べば良かったね」

オリヴァーがそう言った理由は、一等車なら軽食をサーブしてもらえたからだろう。でもそんな必要ない。たかだか二時間程度の移動なんだもの。そもそも本当に我慢できなくなったら、車内販売を頼めばいいだけの話。イギリス鉄道のサンドウィッチは、小咄のネタになる程美味しくないと聞くけれど、背に腹は変えられない。

わたしがそう言うと、オリヴァーは苦笑した。

かと思えば、深々とため息をつく。そうして姿勢を正して「ごめん」ともう一度繰り返した。だから謝罪はいらないって、と思いながら顔を上げたけど、オリヴァーと視線が合わない。

「余裕を失ってたみたいだ、いろいろ」

　ああ、と、わたしが気づく。

　オリヴァーの謝罪はわたしを空腹にさせたことだけではなくて、昨夜から続く態度全般に対するものなんだろう。状況が状況だし、不快に感じた記憶なんてないから、これまた謝る必要はないんだけどなあ、と思いながら、わたしはうろうろ言葉を探した。気にするな、と言ってもいいんだけど、どうやらオリヴァーのプライドに関わる謝罪のようだから、いっそ話題を変えたい。

「……エドガーさんってどういう人なんですか」

　適当な言葉なんて思いつかず、結局、昨夜から頭に響いていた質問を口にした。

　正直なところ、わたしは半信半疑なんだ。

　異世界なんてものが存在することは、さすがに実体験として体験しているから疑っていない。でも《魔法使い》という存在が実在してて、なぜか異世界ではなくこのイギリスで暮らしてる、なんて、現実感に乏しい話じゃないか。そもそも《魔法使い》がこの現実世界でどういう方法で生計を立ててるのか、気になってしかたない。

　わたしが問いかけたところ、オリヴァーはキョトンと間の抜けた表情をさらした。

「どうって」と困惑した声で告げて、かと思えば、ちょっと余裕を取り戻した表情で言う。

「普通のじいさんだよ。投資で生計を立てているあたりはちょっと特殊だけど、庭いじりが好きで、散歩が好きで、パブでおしゃべりすることが好きで。気難しいところもあるけれど、好奇心が旺盛だからか若者の言葉を聞く耳も持ってる、普通のじいさんだ」

ああ、とわたしは思った。

オリヴァー、おじいさんのことが大好きなんだなあ、って。衝撃的な正体を隠し持っていても、その敬愛の情に揺らぎはないんだな、と感じた。納得した。なぜってわたしだってこのイギリスに来てから、祖母の思いがけない一面を知ったけれど、持っていた憧れは消えてないもの。

とはいえ、振り回されている事実に、ぼやきたくなる気持ちもある。

だからオリヴァーが息を吐いたとき、思わず同情の眼差しをむけてしまったのだ。

「よくもまあ、ぬけぬけと言い逃れたもんだ、と思ったよ。僕が抱いた困惑もすべて、じいさんは知っていたんじゃないか、それどころか原因だったんじゃないかって気持ちがうち消せない。じいさんにも事情があったんだ、と言い聞かせているんだけどね」

「事情、ですか」

「そうだろ？　わざわざ世界を変えて暮らしてるんだ。よほどの事情があるとしか思えない。それも百年だ。正体を隠して暮らし続けるには、気が遠くなるような歳月だよ」

まあ、確かに。

それにしてもオリヴァーは、その単語をごく気軽に言い放ったな。

百年て。わたしは初めにサピエンティアからその単語を聞いたとき、「この人たちは百年以上生きる人なのか」と考えてしまって、動揺したというのに。実の祖父がそんな生き物であること、そんな人の血を受け継いでいることに対して不安はないんだろうか。

そう考えてオリヴァーを見つめたけど、言葉以上の動揺は見えない。もう完全にいつものオリヴァーになってしまっている。もしかしたら心の中ではまだ動揺が続いているのかもしれないけれど、こんなに長時間、身近にいるわたしから完全に隠し通しているなんてたいした精神力だ。

強い人なんだな。オリヴァーに対して改めてわたしはそう感じた。わたしなんて、まだ、祖母を思い出せば、「でもなんで？」と問いかけたい気持ちでいっぱいになるのに。

オリヴァーから視線を外して、わたしは列車の窓から外を眺める。日本とは異なる風景。でも本当に見つめたい場所は、祖母の心の中だ。祖母が何を考えてあんなレストランを開いたのか、やっぱりわたしは知りたくてたまらない。

もしかしたら《魔法使い》がエドガーさんで良かったのかも、という思考が閃いた。

少なくとも、まったく知らない人じゃない。わたし自身は会ったことのない人だけど、縁がない人という訳じゃない。今となってはどこまで本当なのか知らないけれど、生前の祖母を知っている人には違いないんだから。祖母がレストランを開いた、今の形に改装した理由を知っている可能性は高まった、と考えてもいいんじゃないだろうか。

祖母の事情を知って、『アヴァロン』の魔法を解いて。

(そうして、わたしは?)

どうしよう、と思った。気づいてしまった。祖母の墓参りを済ませて祖母が残したレストランを見たら、決着がつくと思っていたわたしの心は、相変わらず半端な状態でいたことに。

自立した料理人としてレストランを開く。

そんな未来を諦めた時から、少しも前進していない自分に気づいてしまった。

*

結局、車内販売は活用しないまま、わたしたちはロンドンに着いた。

列車から降りてすぐ、駅構内でわたしたちは軽く揉めた。お昼ごはんを食べるにはまだ間があるる時間なのに、オリヴァーってば、わたしをレストランに連れていこうとしたのだ。

や、それほどわたしの腹の音はすごかったということかもしれないけれどさ。もうお腹は落ち着いていたのだ。だから車内販売を利用しなかったんだし、もうしばらくは大丈夫、我慢できると言い返した時だ。

「高槻さん？」

そんな声が聞こえて、ぎくりとした。

馬鹿な、と考えた。だってここはイギリスのロンドンで。東京じゃないんだ。偶然会うにしたって、こんなところで会うはずがない、って考え直そうとして、また、その声は聞こえた。

「やっぱり高槻さん！　由隆、高槻さんよ、やだすごい偶然」

「……ああ、」

そんなやりとりまで聞こえてしまったから、わたしはとうとうオリヴァーとの会話をやめ、振り返ってしまった。すると二人の日本人がわたしに近づこうとする姿が見えた。なんで、と考える。チラリと視界に入ったオリヴァーは不思議そうな様子で、わたしをうかがっていた。

「ごぶさたしてます、川元さん」

「そんな他人行儀な！　驚いたわ、まさか日本じゃなくてイギリスで会えるなんて」

二人の日本人、わたしと同年代の男女は、知らない人じゃあなかった。

わたしが働いていたレストランの、先輩とオーナーの娘さんだ。ニコニコッとかわいらしく笑っている娘さんの隣で、渋い表情を浮かべている男の人が、わたしの職場での先輩だった人。

元カレだ。

わたしはあえて先輩を見ないようにしながら、オーナーの娘さん、川元さんに答える。

「本当にすごい偶然です。お二人は……」

答えを察しながら、問いかける。滑稽だな、とわたしは頭の隅っこで考えてた。

「ん、新婚旅行なのよ。ヨーロッパ八日間の旅！　フランスからイギリスに来たところなの。イギリスでね、本場のアフターヌーンティーを食べたくって奮発しちゃった！」

屈託なく答える川元さんの反応に、ますますわたしの心は冷めていく。

新婚旅行。そうだろうと思った。

せっかく結婚披露宴を欠席したのに。働いていたレストランもクビになったから、この二人に会うことは二度とないだろうと思って安心していたのに。

この巡り合わせは、もはや運命的な嫌がらせと言ってもいいんじゃないか。

「そうですか。楽しんでくださいね」

「ありがとう。高槻さんは？　よかったら」

「香澄」

なにかを言いかけたんだろう川元さんを遮って、先輩が彼女の名前を呼んだ。あわてたような声に、苛立ちを覚えた。でもそれ以上に苛立ちを覚えたのは、川元さんに対してだ。

無邪気に振る舞ってるけれど、うっすら事情を知ってるだろう、と考えてた。あなたの旦那さまとわたしがどんな関係だったか、知ってるでしょ、と言いたくなった自分を必死で抑えたとき、トンと温もりが肩に触れた。オリヴァーの手のひらがそっとわたしの肩に触れたのだ。

「トウコ。知り合いかい?」

やわらかな響きの英語に、川元さんは困惑したように瞬く。わたしは笑った。安心したのだ。

「元職場の元同僚。つまり他人」

英語でオリヴァーに言い返してから、川元さんを見つめる。困惑していた川元さんは、軽く先輩に身を寄せる。その固い表情を見て、意図して意地悪を言ったわたしは、軽く後悔した。

「すみません。わたしにもツレがいるから、これで失礼します」

「え、あ、そうなんだ。ごめんね、なんか。その、……邪魔しちゃって?」

なんだそれ、とつっこみたくなった言葉に、わたしは曖昧に笑った。誤解されてるのかも、と閃いたけれど、どうでもよかった。先輩の表情が奇妙に歪む理由も知ったこっちゃない。

「お気になさらず」

短く答えて、まだわたしの肩に触れているオリヴァーの手を軽く叩いた。オリヴァーの手はすっとなめらかに動いて、わたしの背中をうながすように叩く。指示されるまま動き出して、しばらく歩いてから、ほっと息を吐いた。オリヴァーがいてくれてよかった。そう感じた。

「男のほう、すごい目でトウコを見てたよ」

オリヴァーがそう囁いてきたけれど、わたしは軽く笑った。

知ったことか。もう一度思った。二人がどういう誤解を抱いたのか、わかる気がするけれど、確かめるつもりはない。もう、二度と会うつもりはない。今後も関わることがありませんように、と心の底から、信じたこともない神様に祈る。

――むかし、わたしは先輩とレストランを開くんだ、と未来を思い描いてた。

祖母のレストランを引き継ぐことを諦められた、本当の理由は、新しい夢を得たから。我ながらしょうもないなあ、と感じるんだけど、それほど先輩と語った夢は鮮烈だった。大切だった。

まあ、そんな夢は、二股かけられて捨てられた、と悟った時に終わったのだけど。

苦い気持ちになる。振り切るように、わたしは駅構内の案内板に視線を向けた。

「ここでノーザン線に乗り換えるんですっけ？」

「……そう。ノーザン線、ハムステッド駅で降りる。本当にいいの？　お腹、我慢できる？」

何事かを察したのだろうオリヴァーも、二人の日本人について、何も聞かなかった。単純にわたしの腹具合だけを気遣ってくれたから、わたしは今度こそ、心から笑った。

「このくらい、平気ですよ。その代わり、おうちに着いたらごちそうしてくださいね」

気遣うような気配をたたえていた青い瞳が、まるで甘やかすように和む。

「おまかせあれ。トウコには負けるだろうけれど、腕を振るうよ」

*

わたしは知らなかったけど、オリヴァーの実家があるハムステッドは高級住宅地として知られているようだ。ロンドン北部に位置し、緑の多い地区でもあるとか。好奇心からスマホで検索したところ、そんな情報がネットに書かれていて、わたしはちょっと尻込みしてしまった。

でも先を歩くオリヴァーは屈託なく、わたしを案内してくれた。

あの建物はナショナルトラストが管理しているんだ、とか、右手に見える公園でよく散歩をしていた、とか、地元民だから語れる他愛ない内容をわたしに教えながら、歩いていった。

やがてたどり着いたオリヴァーの実家は、他の建物に負けないくらい立派な建物だった。

緑に囲まれたレンガ造りの家で、白くぬられた窓がくっきり映える。イギリスの建物形式なんてわたしは知らないんだけど、いかにもヨーロッパにある大きな屋敷だなあ、と感じた。率直に言えば、広すぎて掃除が大変そう、という感じ。すみません、根っからの庶民なんです。

オリヴァーが言うには、エドガーさんが若いころに購入した屋敷だそうだ。長年、奥さまと一緒に暮らしていたそうだけど、オリヴァーが成人するころに奥さまが亡くなられて、以来、一人で暮らしている家なんだとか。分不相応に広すぎる家だよね、とオリヴァーは容赦なく言って、

「さて、じいさんはどうしているんだか」

携帯電話に出てもらえなかった恨みを込めて、オリヴァーはつぶやいた。チャイム

を押した。屋敷の中でジリリ、と響く音が聞こえる。でもオリヴァーはそのまま扉を押した。開いた。

鍵、かけてないんだ……。観光地になっている建物もあるのに不用心な、と考えていると、ため息をついてオリヴァーは扉を閉めた。「こっち」と言って、庭に進む。

綺麗に刈り込まれた庭を、わたしたちは進んだ。

そうして道路側から見えない場所まで進んだ時だ。ぱつん、という枝切りバサミの音が聞こえた。同時に、はしごに腰掛けて枝を切っている男の人の姿が見えた。比較的ラフな格好をしていると思うその人は、ちょうどわたしたちに背中を向けている。

「じいさん」

オリヴァーが呼びかけると、その男の人は振り返る。

よく日に焼けた人だな。はじめにそう思った。オリヴァーに似ている。続いてそう感じた。そりゃまだまだ若いオリヴァーと年を重ねたらしきその人を比べてはいけないのかもしれないけれど、オリヴァーが老年になったらこんな感じになるんじゃないか、って思わされた。そのくらい、二人は似ていた。よく輝いているブルーサファイアの瞳がそう思わせたのかもしれない。

「オリヴァーか。なんだ、今日も帰ってきたのか。しかもかわいいお連れさんと一緒に」

そう言った男の人、エドガーさんは枝切りバサミを閉じて、はしごから降りた。危なげなく身軽に動く姿を思わず注視していると、オリヴァーが呆れたように息を吐いた。

「また、スマホを充電器につけたまま活動してたな。何度かけたと思ってるんだよ」

「ほ。そりゃ悪かったな。しかし庭仕事にまでスマホを持っていけとは無茶を言う。動いているうちに、ポケットから落ちるんだぞ、あれは。いちいち拾うのも面倒だ」

「そばに置いておけばいいだろ。携帯しないでなんのためのスマホだよ」

ずいぶん軽快なやりとりに、二人の関係を察することができた。

なんだか、いい関係だなあ、と感じた。わたしと祖母の関係に似ている。祖父と孫という関係だけど、気心の知れた友人、みたいな一面もある関係だ。なんだか懐かしい。

そう思っていると、エドガーさんの瞳がわたしに向かった。思わずどきりとする。

「懐かしい顔だ。エマの、お孫さんか」

エドガーさんはそう言って目を細める。

シャルマンやサピエンティアもそうだったけれど、わたしはそんなに祖母に似ているんだろうか。確かに紅茶色の髪も瞳も、祖母譲りだと言われたことはあるけれど、わたしはハーフ。日本人の父の血も混じってるから、そんなに祖母に似ているとは思えないんだけどな。

ともあれ、わたしにエドガーさんの意識に向いたのだ。進み出て、軽く頭を下げた。

「はじめまして。こうして直にお会いする日が来るとは思いませんでした。高槻橙了です」

「はじめまして、トウコ。エドガー・ジェレマイア・アレクシス・アシュバートンだ。思いがけない成り行きだが、かわいいお嬢さんにこうしてお会いできて嬉しく思うよ」

大きな手が差し出され、おそるおそる右手を差し出した。ぎゅっと力強く握り込められ、ごく自然に頰がゆるんだ。握手っていいもんだな。そう思っていると、オリヴァーが口を開く。

「ところでじいさん、異世界の人に教えられたんだけど、《魔法使い》なんだって？」

あ、いきなりそう言っちゃうんだ。

エドガーさんの手を放して、チラリとオリヴァーを見上げる。憮然とした表情はちょっと幼くも見える。それからエドガーさんに視線を向けると、あざやかに笑っていた。

「なんだ、それを知ったのか。それで小僧はふくれているところか？」

からかうような調子に、オリヴァーはムッと唇を結んだ。うわ、わかりやすい。

口を挟むような雰囲気でもなくて、わたしは二人を見比べていると、再び、エドガーさんと視線があった。と思いきや、エドガーさんは背中を向けて歩き出す。肩越しに振り返って、

「ティモシーが作ったアップルパイもあるから、お茶にしよう。そもそもこんなところで話す話題ではないからな」

そう言って玄関のある方角に向かう。

オリヴァーを見上げれば、どっしりとしたため息をついてた。振り回されてる感が強く漂っていて、ちょっと哀れになった。

「その、……お疲れ様です？」

「まったくだ。すっかりあのじいさんのペースだ。いつものことなんだけどさ」

そう言いながらオリヴァーも歩き出したから、わたしもついていく。

そうして屋敷の中に入り、エドガーさんの姿を求めて、わたしたちはキッチンに向かった。

ちょうど冷蔵庫からアップルパイを出したらしきエドガーさんを、オリヴァーはぞんざいな態度でシャワー室に追いやった。それから二人で茶の支度を終え、応接間に運ぶ。

応接間は、屋敷の外装に似合った、クラシカルな内装だった。臙脂に金模様が入った壁紙を張り巡らされた部屋で、東向きの窓にはレースのカーテンが飾られている。ヨーロッパってすごい。祖母の家では感じなかったゴージャス感を存分に浴びながら、わたしはダークブラウンのソファに座り、これまた立派なティーセットで紅茶を飲んでいた。家主がまだいらしてないから、アップルパイには手をつけてない。ちなみに、このアップルパイを作ったティモシーとは、この家に通いでやってきている家政婦さんとのこと。つくづく、すごい。

「待たせたな」

そうして扉が開き、エドガーさんが姿を見せた。

パリッとしたシャツに、ピシッとしたベストをまとった姿は、さっきまで庭仕事をしていた格好との落差が激しい。まさにイギリス紳士という雰囲気が漂っていて、ちょっと気圧されそう。

向かい側に腰掛けたエドガーさんの前に、オリヴァーが切り分けたアップルパイを置く。ニコッと嬉しそうに笑ったエドガーさんは、まだアップルパイを食べてないわたしにめざとくきづき、いそいそとした様子でパイをすすめてきた。

「ティモシーは有能な家政婦で、特に料理がうまい。焼き菓子が絶品でな、ぜひ味わってほしい。焼き立てではないことが、惜しまれるが」

「ありがとうございます、いただきます」

オリヴァーが隣に座り、わたしはフォークを持ち上げる。

アップルパイにフォークを入れたら、うん、確かにしっとりした感触がフォーク越しに伝わる。でもひと口分、切り取って口に運んだら、まろやかなカスタードの味が口内に広がった。

美味しい。

どちらかといえば、カスタードの甘みは抑えられていた。その分、りんごはしっかり甘く煮詰められているから、バランスがいい。パイ皮も、まだ、パリッとしている。

ぐう、とお腹が反応した。そっと顔を上げれば、にこやかに笑っているエドガーさんと視線が合った。恥ずかしい。

「お腹が空いていたのかな」

「ええ、朝早くから動いていましたから」

朝ごはんを食べていないとは言わず、曖昧に誤魔化したんだけど、エドガーさんはオリヴァーに視線を移した。「ふむ」と小さくつぶやいて、わざとらしい様子でため息をつく。

「おおかた、不肖の孫のせいだろう。苦労をかけますな」

それまで黙っていたオリヴァーだったけれど、その言葉を聞き流せなかったらしく、アップルパイを摘んでいた動きを止めた。エドガーさんに何かを言い返すかと思えば、なぜかわたしに視線を向ける。気遣わしげな眼差しに、オリヴァーの心境を悟ったわたしは急いで口を開いた。

「大丈夫ですよ。こうして美味しいアップルパイを食べられて嬉しいです」

だから気にしないでほしい、という気持ちが伝わったのか、オリヴァーは軽く頷いた。

そうしてエドガーさんに視線を向ける。アップルパイをご機嫌に食べている祖父を、ちょっとばかり呆れたように見つめて、言った。

「異世界からきた《魔法使い》だったんだって？」

「違うな」

エドガーさんは短く答えて、チラリとオリヴァーを見返す。

違う？

わたしが首を傾げると、ティーカップに口をつけてから、エドガーさんは言葉を続けた。

「過去形ではない。今もわたしは《魔法使い》なんだよ、オリヴァー」

そう言った時のエドガーさんを、どう表現したらいいのだろう。

それまでは確かに、ただの紳士だった。どこにでもいるような、というと語弊があるけれど、とにかく当たり前の存在でしかなかった。イギリスで歩いていてもおかしくない存在。

でもエドガーさんが《魔法使い》という単語を口にしたとたん、その場にいたエドガーさんに、別の存在が重なったように感じ取れたんだ。それはオリヴァーによく似た、けれどもまったく違うとわかる若い男の人の姿で、わたしに強烈な違和感を抱かせた。

思わずオリヴァーを見た。すると気圧された様子でエドガーさんを見返している。

ああ、と気づいた。オリヴァーも同じものを見たんだ。

そう察したら、わたしは不安になった。オリヴァーを見て、エドガーさんを見る。

沈黙を守っている二人。この二人の関係が壊れたらどうしよう、とまで思ったとき、ふ、と笑う気配がした。

オリヴァーだった。

「それで？　いくら払ったら、じいさんは『アヴァロン』から魔法を取り去ってくれるんだ？」

驚いた。

ええと、今、言うべき言葉はそれだったかな、と考え込んでしまったもの。身内が隠していた正体をあらわにして、それに対して反応すべき状況じゃなかったかな。確かにオリヴァーが言った言葉は確かに大切な本題なんだけど、もっと、こう、センシティブな反応があって然るべき状況じゃなかったかな。そう考えてオリヴァーを見つめていると、笑い出す気配がした。

エドガーさんは満足そうに、あるいは嬉しそうに笑っている。

「いきなりそうくるか。さすがは我が孫」

エドガーさんの賛辞に、オリヴァーはつまらなさそうに肩をすくめる。でも、その様子はどことなく、嬉しそうだ。それは、エドガーさんの様子と重なっているから、気づかされた。

なあんだ、と感じた。

　結局のところ、オリヴァーにとってエドガーさんは「じいさん」のままなんだ。確かに隠し事をしていたけれど、この五年間、悩むオリヴァーをエドガーさんは放置していたわけなんだけど、それらの事実を超えて、事情があるに違いない、とオリヴァーは考えてるんだ。

　だからシンプルに、自分の要望だけを伝えた。

　そんな状況に気づいてしまえば、わたしはどっと身体から力が抜けた。

　いやもう。ぜんぜん、大丈夫だったじゃない。喧嘩が始まるかもしれない、こんなに仲のよい家族にヒビが入るかもしれない、という気持ちはすべて杞憂だってわかって、本当にとことん、気が抜けた。ピンと張っていた背中からも力が抜けて、ずるりとソファに身体を預けてしまった。

「トウコ？」

　するとあわてたようにオリヴァーがわたしを見返すから、パタパタと手を振った。

　大丈夫。空腹が極まったわけじゃないから。

　というか、アップルパイを食べてたでしょう、わたし。その状態から空腹になる程、食いしん坊じゃないよ、わたし。そう言おうとしたけど、放っておくことにした。

　無駄に心配させられたんだ、少々あわてさせてやってもいいはず。

だからわたしはすました表情でティーカップを取り上げた。そういえばこの紅茶、オリヴァーが淹れてくれたんだよね。お客さまには任せられないと言ったけれど、今さらじゃないかな。

ともあれ、オリヴァーが淹れてくれた紅茶だって、美味しかった。

ゆっくり味わいながら、わたしはエドガーさんを見る。面白がるような視線を向けられていたと気づいたから、へらっと笑ってしまった。

訊きたいことはある。でも今、何よりも優先すべきは『アヴァロン』の進退だ。

紅茶を一口飲んで、オリヴァーに向き直ったエドガーさんは神妙な表情を浮かべて言った。

「結論から言うと、どんな大金を積まれても『アヴァロン』の魔法を解くことはできない」

その言葉を聞いて、わたしは動きを止めたし、オリヴァーだって気配を変えた。

オリヴァーは姿勢を正して、前のめりになって「なぜ」と言う。わたしもティーカップをソーサーの上に置いた。深刻になったわたしたちを前にして、エドガーさんはつるりと顎を撫でる。

「それというのも、エマは魔法を解く条件までも契約に組み込んだからだ。つまり、エマが望んだ条件を満たす以外に、『アヴァロン』の魔法は解けない。そういうふうに魔法を組んだからな」

（おばあちゃんが望んだ条件……）

ずしっと重いものが、改めて肩にのっかかってきた気がした。

つまりそれは、『アヴァロン』が陥っている現状の責任はわたしにあった、という意味だ。祖母が望んだものをなにも知らないまま、祖母が遺したレストランを売却した。そのせいで、オリヴァーは営業できないレストランを購入する羽目になり、五年も無駄に歳月を消費した。

どうしよう、と、思った。隣に座るオリヴァーをかえりみることができなかった。その表情を確かめることすら、申し訳なくてたまらない気持ちになった。拳をギュッと握る。

でも、と思い直した。申し訳ない、と、取り返せない事態を悔やんでいるだけでは状況は変わらない。わたしはエドガーさんを見た。ただ、静かにはかる眼差しが、わたしを見返した。

「祖母の望みを、今から叶えることはできますか」

わたしの言葉を聞いて、エドガーさんはチラリとオリヴァーを見た。

そうして考え込んだエドガーさんを見て、わたしは不安になった。オリヴァーには聞かせられない条件なんだろうか。でも今さら。ここまでオリヴァーを巻き込んでおいて、聞かせられないからという理由で部外者扱いなんてしたくないよ。理不尽な目に合わせてしまったんだもの。

エドガーさんを見つめるわたしの眼差しは、すがるようなものになっていたのかもしれない。考え込んでいたけど、わたしの視線に気づいたエドガーさんが苦笑した。

「しかたないな」とひとりごちて、宥めるような表情でわたしに微笑みかけてくる。

「可能性はある。ただ、わたしはエマの望みを直接には知らない。エマも語らなかった」

直接には知らない。その言葉に、わたしは唇を結んだ。

それじゃあ、『アヴァロン』の魔法を解く方法はないってことじゃないか。握りしめた拳に余計に力がこもった。どうして、とうめくような気持ちで思う。どうしておばあちゃん、そんなことをしたの。生前の祖母から秘密を聞き出せなかった自分への不甲斐なさも相まって、わたしはうつむいた。とても顔を上げられない、そう感じたのだけど、オリヴァーの手が隣からやってきた。

オリヴァーの大きな手のひらが、わたしのちっぽけな拳を叩く。軽く、落ち着かせるように。

　思わず息を呑んでしまって、おそるおそる隣を見た。オリヴァーはわたしを見ていない。ただ、諦めていない眼差しでエドガーさんを見つめていた。

「つまり、魔法を解く方法はあるんだな？」

「……なぜ、そう思う？」

　微笑みを浮かべたまま、エドガーさんはそう問い返す。オリヴァーがあっさり言った。

「僕がじいさんの孫だから。かわいい孫の僕が困ってるんだ。それも自分がしでかした行いのせいなんだぞ？　そのまま事態を放置するような薄情もんじゃないだろ、じいさん」

　なんとも傲慢な、でも、とても真っ当な言葉だった。

　あまりにも堂々とオリヴァーが言い放つから、わたしはぽかんと口を開けてしまった。泣きたいような気持ちがすっかり払拭されてしまった気がする。そのままエドガーさんに視線を向けたら、なぜだか苦虫を嚙み潰したような表情を浮かべている。

　オリヴァーが笑った。

「そんな表情を浮かべてもダメだ、じいさん。照れ隠しにしか見えない」

料金受取人払郵便

新宿局承認

7552

差出有効期間
2024年1月
31日まで
(切手不要)

郵便はがき

160-8791

141

東京都新宿区新宿1－10－1

(株)文芸社

愛読者カード係 行

ふりがな お名前			明治 大正 昭和 平成 年生 歳
ふりがな ご住所	□□□-□□□□		性別 男・女
お電話 番号	(書籍ご注文の際に必要です)	ご職業	
E-mail			
ご購読雑誌(複数可)		ご購読新聞 新聞	

最近読んでおもしろかった本や今後、とりあげてほしいテーマをお教えください。

ご自分の研究成果や経験、お考え等を出版してみたいというお気持ちはありますか。

ある　　ない　　内容・テーマ(　　　　　　　　)

現在完成した作品をお持ちですか。

ある　　ない　　ジャンル・原稿量(　　　　　　　　)

オリヴァーがそう言ったから、ようやくエドガーさんの事情がわかった。

つまり、エドガーさんもこの五年、オリヴァーを傍観していたわけじゃないんだ。口に出して言わなくても、なんとかしようとしていた。ただ、成果が出てないだけ。

わたしは身を乗り出した。

「教えてください。どういう方法を試みたんですか。わたしにもできることはありませんか」

そう言うと、エドガーさんはわたしを見た。苦虫を嚙み潰したような表情は消え、元の穏やかな表情を取り戻している。スッと右手を掲げて、

「では、昔話をしようか」

そう言って、パチンと指を鳴らした。

＊

エドガーさんが指を鳴らしたとたん、あたりの風景が一変した。

先ほどまで居た、クラシカルな内装の応接間ではない。ガヤガヤと人がにぎわっている場所にいる。困惑して目を瞬いていると、ギュッと肩を握られる。見上げると、

オリヴァーがわたしと同じように困惑して、あたりを見回していた。ほっと安心して、「オリヴァー」と呼び掛ける。

「よかった、いたんだ」

「ああ。……僕は初めて、じいさんが《魔法使い》だってことを信じかけてるところだ」

なんとも言い難い、ひどく複雑そうなその表情を見つめて、わたしは思わず笑った。うすうすそうじゃないかと考えていたけれど、この不可思議な現象はやっぱりエドガーさんによるものらしい。あの、指パッチンがきっかけなんだから、わかる人にはわかる状況だよね。

「どこなんだろうね、ここ」

「なにをとぼけたことを言ってるんだ、『アヴァロン』だよ、ここ」

首を動かしながら訊ねれば、思いがけない言葉が返ってくる。

ええ？　と驚いてオリヴァーを振り返った時だ。席から立ち上がって歩いてきた男の人がオリヴァーにぶつかりそうになった。とっさに「危ない」と言いかけて、目を丸くする。

その男の人は、するりとオリヴァーを通り抜けたのだ。

つまり、オリヴァーと男の人はぶつからなかった。オリヴァーは不気味そうな顔で男の人を見送っている。思いついてわたしは、オリヴァーに手を伸ばした。ちゃんと触れられる。

どういうこと？　と首を傾げると、今度はオリヴァーが座ってビールを飲んでいる男の人の頭に触れる。また、手が通り抜けて、にょきっと男の人の頭からオリヴァーの手が生えた。あ、と気づいた。オリヴァーも気づいたみたい。

この場にいる人たちに、わたしたちは触れられない。今さらかもしれないけれど、わたしたちは気づかれてもいない。つまり、この場にいる人たちはわたしたちを認知してないんだ。

なんとも不気味な状況だ。なんだか幽霊の中に放り込まれたような、と考えかけて、思い直した。どちらかといえば、幽霊になってるの、わたしたちだよね。だって他の人は普通に会話しながら飲食してるんだもの。ごく普通のレストランの風景だ、これは。

カラン、という音と共に扉が開いた。「いらっしゃい」という男の人の言葉が響く。何気なくそちらを見て、わたしは目を丸くした。シャルマンがいた。わたしたちが会った時と同じように、クラシカルな服を着ている。似合っているけれど、この賑やかなレストランから微妙に浮いているシャルマンはレストラン内に歩みを進めて、近づいてきた男の人に話しかける。

『エマは？』

同時に、なんとも華やかな、若い娘の声が背後から響いた。

『シャルマン、いらっしゃい！』

声に惹かれたように、こちらを向いたシャルマンはふっと顔をほころばせた。

その表情を真正面から見たわたしは、どきりとする。なんとも嬉しそうな、でもどこか甘やかなようにも感じられる、輝いた表情だった。すぐにわかった。シャルマンはきっと……。

ふい、と今度はわたしが通り抜けられた。

わたしを通り越した人は、後ろ姿を見せている。すんなりと細い体に、ワンピースとエプロンを身につけて。紅茶色の髪をひとつにまとめ上げている。どきん、と心臓が音を立てた。

『エマ、約束通りの時間だろう』

どこか子供のようなあどけなさを漂わせてシャルマンが言う。わたしの前に立つ女の人は、壁にかけられている時計を見たあと、腰に手を当てて軽く首を横に振った。

『残念ながら、遅刻よ、シャルマン。お目当てのメニューは売り切れちゃったわ』

『なんと。ダーレンの新メニューはそんなに人気なのか』

『そう。父さんの自信作だもの。みんな、意気込んで注文しちゃった。父さんも少しは残してくれたらよかったのに……残念ね、シャルマン』

『では、今宵もそなたの料理を注文するとしよう。今日のおすすめには違いないのだろう？』

『引っかかる物言いだけど、どうぞ召し上がれ』

席を案内しながら、その人はシャルマンと軽快に会話している。その横顔を、わたしは食い入るように見つめた。エマと呼ばれているこの女の人は、たぶん、若いときのおばあちゃん。聞こえてきたダーレンという名前にも聞き覚えがある。ひいおじいちゃんの名前だ。

状況がだんだんと飲み込めてきた。わたしたちは過去の『アヴァロン』を見せられているんだ。

「驚いた。若いときのエマはきみとそっくりだよ、トウコ」

オリヴァーがそう話しかけてきたけれど、わたしはひたすら、動き回る祖母を見ていた。

そっくりかなあ？　疑わしい気持ちになった。

紅茶色の髪に、紅茶色の瞳。確かに同じ色かもしれない。けれど、わたしはこんなにスタイルは良くないし、美人でもない。そう感じるほど、シャルマンと話す祖母は魅力的だった。

――なんとなく、感じ取れるものがある。

もしかしたら、祖母は。シャルマンがそうであるように、同じ気持ちをシャルマンに向けているのでは、と思いついた。奇妙な心地になる。知ってはいけない秘密を知ってしまったような、そんな感じ。『アヴァロン』の壁にまだ、細密画がない事実が、余計に後ろめたさに拍車をかける。

軽く息をついて、ようやくオリヴァーを見上げた。気遣うような眼差しに、微笑み返した。

「シャルマンと祖母は、『仲良し』だったのね」

「ショックかい？」

「まあね。でもこのときにはまだ、祖父はいなかったみたいだし」

浮気現場を見ているわけではない、と、言い聞かせながら、わたしは祖母を眺めていた。

シャルマンと軽快に会話をしていた祖母は、きりりと表情を引き締めてキッチンに入る。そこで動いていた男の人、おそらくは曽祖父に話しかけてから、料理を始める。

シャルマンはカウンター席から二人を眺めていた。途中、給仕の人に酒を注文して、グラスを傾けながら、なにがそんなに楽しいんだろうと思わせるほど嬉しそうに、料理を待っていた。

『はい、おまたせ！　チキン・コルマ。インド料理から着想を得ました！』

『着想を得たというより、そのままでは？　……ああ、スパイスのいい匂いがするな』

『わたしが食べたコルマは野菜のコルマだったの！　辛くないから、気軽に食べてみて？』

おばあちゃんってこんな人だったんだ。そう思った。

わたしの知る祖母は、もっと落ち着いていた。年齢を重ねるとともに変わってきたんだと言われたらその通りだろうけれど、それにしても若き日の祖母には屈託がない。

カトラリーを使って料理を口に運ぶシャルマンの様子を観察して、好ましい反応を得られたんだろう、パッと表情を嬉しそうな表情に変える。

ああ、決定的だな。この時代の、このときの祖母はシャルマンが好きだったんだろう。二人の想いが通じ合っている様子はないけれど、それもまた、時間の問題だとわたしでも感じ取れる。

ふう、と、複雑な気持ちで息を吐いた時だ。

また、唐突に風景が変わった。『アヴァロン』には違いないけど、客の姿が消え、祖母の姿もない。カウンターに立つ曽祖父とシャルマンが会話を交わしている。二人とも穏やかな表情だ。

『エマは腕を上げたな、ダーレン。先が楽しみだろう』

『ふん。この『アヴァロン』を継ぐと言い出したからな、張り切ってるんだろうさ』

『素晴らしい。いまは、もう、女だからという理由で家業を諦める時代ではない。エマの料理の腕は天性のものだ。それはおそらくおまえから受け継いだもの。わかっているのだろう?』

『わかってないな、シャルマン。あいつのやる気の源は、すべて、おまえだぞ』

曽祖父とシャルマンの視線が交差する。微笑んだシャルマンからなにを感じ取ったのか、曽祖父は深々とため息をついた。やれやれと言わんばかりに首を振って、ぶつぶつと、ぼやく。

『顔はいい。それは認める。滅多にいないほどの美形が、顔を輝かせててめえが作った料理を平らげるんだ。コロリと参っちまうのはわかる。わかるが、……なんだかなぁ』

『なにやら失礼な物言いだな。わたしはそんなに信用できないか』

『おまえは、料理屋の婿におさまる器じゃない。もっと大きな男だ。だからこそ、反対だよ』

無造作に言い放たれた曽祖父の言葉に、シャルマンはどこか痛いような表情を浮かべる。だが何かを言おうとしたのだろうか。せめて反論しようとしたのだと思いたいところだ。でもその言葉は、カランという音と共に開いた扉に打ち消されてしまった。

扉を開けた祖母は、『おまたせ』と弾んだ声で告げる。両手に大きなガラス瓶を持っている。どうやら保存食が入ってるみたいだ。その瓶を、楽しそうにシャルマンに差し出してきた。

『これがわたしが漬け込んだピッカリリよ。たくさん持ってきたから、どんどん食べてね』

『おい、エマ。うちの分はちゃんと残してるんだろうな』

『もちろんよ父さん。少なくとも次に漬け込むまで無くならない程度に残してる』

『不安しか感じねえよ、その言いかたじゃ』

曽祖父と祖母とシャルマン。なんとも温かさを感じさせるやりとりだ。曽祖父とシャルマンの会話は、ちょっとぎくりとする内容だけど、心許しあった間柄なんだな、という事実が伝わる。

だからこそ不思議だ。なぜ、シャルマンは『アヴァロン』を訪れなくなったのだろう。

軽々しく話せる事情ではない、と本人は言っていた。目の前で交わされる温かなやりとりと、そう言った時のシャルマンを思い出せば、余程の事情だったんだろう、と想像はできる。

（でもどんな？）

そう思ったとたん、また、場面が変わった。

明るい。そう感じた。今度こそ、覚えのない場所に、わたしたちは立っていた。明るいと感じた理由は、この場所が回廊だからだ。よく手入れされた庭に通じる回廊に、わたしたちはいた。

今までの風景を思い出してみる。祖母と曽祖父とシャルマンがいた。だったら見覚えのないこの場所にも、三人のうち、誰かがいるはずだ。そう考えてあたりを見回したら、

『ではどうあっても考えを変えていただけないのですか、シャルマン』

涼やかな声が聞こえた。登場した名前に、わたしとオリヴァーは頷きあって、声が聞こえてくる方向に足を向けた。進んでまもなく、噴水のある区域にたどり着く。

そこに、シャルマンと銀髪の少女が向かい合っていた。

こちらに背中を向けているから、少女の顔立ちはわからない。けれど、キラキラと陽光を跳ね返す髪飾りや、細い身体にまとっている白いドレスが、いいところのお嬢さんなのではないかと思わせた。その少女を見下ろしているシャルマンは、どこか困惑した様子に見える。

『八大領主の地位を返上し、異界に移り住むなど、正気の沙汰とは思えません』

『そう言ってくれるな、エクレーヌ。わたしなりに考えた末の決断だ』

シャルマンが少女に向ける言葉は、どこか幼子を宥めるような調子があった。だからなのか、少女は興奮した様子で、シャルマンに詰め寄る。シャルマンは驚きに目を丸くした。

『エクレーヌ？』

『わたくしはっ！　……わたくしはあなたに認められるために精進してまいりました。やがてはあなたに並び立つために、わたくしは努力していたのです。それなのにっ』

『……ありがとう、エクレーヌ。わたしを惜しんでくれていること、嬉しく思う』

困惑していたシャルマンは、少し迷った様子を見せた後、少女の肩にそっと触れた。

『だが、わたしはもう、長く八大領主であり続けた。陛下がまだお目覚めになっていたころから仕えていた八大領主は、もう、わたし以外にはいない。みな、立ち去った。わたしももう、立ち去るべき時期だと思うのだよ。だから、……許してくれ』

『シャルマン』

シャルマンの言葉を受けて、少女はぎゅっと拳を握った。

沈黙が続く。わたしとオリヴァーは視線を交わした。シャルマンにも少女にも、わたしたちの声は聞こえてないと了解していたけれど、なんとなく声をひそめて囁き合う。

「ここは異世界みたいですね」

「そうだね。そしてシャルマンは八大領主という地位にあったけれど、このときには返上しようとしていた。トウコ、なぜだかわかるかい」

オリヴァーに問われて、わたしは曖昧に微笑んだ。

なぜなのか。ここまで見てきた風景が、少女が告げた抗議が、その理由を推測させる。

「シャルマンは、わたしたちの世界に移住しようとしていたから、ですね」

それ以上にも推測できる事実はあったけれど、確実に言える事実だけを口にした。

だってわたしの祖父はシャルマンじゃない。過去、シャルマンと祖母の間に何かがあったとしても、現実にならなかったのだ。そして現実にならなかった以上、下手な推測は口にしない方がいい。

同じ考えを抱いたのか、オリヴァーもうなずくだけだった。

そうして再び、シャルマンと少女を振り返ったとき、絞り出すような声が聞こえた。

『わかりました。……あなたがそう望むのなら』

少女の声は、本当に苦しそうだった。まだ、シャルマンの決断に納得できていない感情が伝わってくる。ただ、シャルマンが望むから。本当にそれだけの理由で自分の感情を押し込めようとしている少女を目の当たりにして、わたしはなんだか、ヒヤリとした感覚にとらわれた。

その感覚がどこからくるのかわからないまま、再び、場面が変わった。

『おまえに、おまえなどにシャルマンが心傾ける価値などない！』

いきなり、衝撃的な叫びが耳をついた。

どこだろここ、と思う間もなく、わたしたちはその場にいた。目の前には、二人の娘が向かい合っている。艶やかな銀髪を伸ばした娘と、紅茶色の髪をまとめ上げた娘だ。さっき、シャルマンが向かい合っていた少女と、祖母が向かい合っている様子を見て、目を瞬かせた。

なぜ、こんな状況になってるんだ？

どうしてあの少女は、祖母に向かって激昂したように叫んでいるんだろう。

初めて少女の顔を見た。美しい少女だ。大切に育てられた娘だと一目でわかる、綺麗な少女。それなのに、おそらくは感情を抑えることを当たり前とする育ちなんだろうに、激しい感情に身を任せ、綺麗なスミレ色の瞳を憤りに染めていた。どういう状況、と困惑して、祖母を見た。

祖母は表情をこわばらせて、少女を見返している。唇を固く結んで、グッと黙り込んでいる。

『わたしは、願う』

ゆっくりと宣言するような口調で、少女は言った。

ピンと人差し指を祖母に向けている。その先に、ポッと光が灯り、円形の模様を描いた。

『おまえが、二度とシャルマンを煩わせることがないように。かの人を惑わせた咎により、おまえに安穏が訪れることがないよう、わたくしは心より乞い願う。そなたの、』

『エクレーヌ！』

少女が紡ぐ言葉は、おどろおどろしい響きを持っていて、何かおそろしい事態を招こうとしているんだ、と、気づかされた。そのままにしていたら、祖母に良くない事態が起きる。現実味のない、けれども確かな予感がしたから、わたしは走り出そうとしたんだ。

でも少女の言葉が終わるよりも前に、シャルマンがその場に現れた。本当に、突然、現れたシャルマンは、そのまま、祖母の肩をつかみ、グッと自分の背後に祖母を押しやる。

『永劫にわたる孤独と、苦難こそを』

シャルマンが現れた瞬間から動揺していた少女は、それでも最後まで言葉を紡ぎ切った。それから間を置かず、シャルマンが力強い、鋭い口調で言葉を継いだ。

『以上、次期《セクンドゥム》の要請を、力なき娘に代わり、今代《セプティムム》シャルマンが承る！』

『シャルマン！』

少女は悲鳴のような声でシャルマンを呼んだが、彼は氷のような眼差しを向けるだけだった。

空中に描かれていた円形の模様が強く光を放つ。かと思えば、その光はぎゅっと圧縮される。そうして飛び込むように動いた。少女がその光に向かって手を伸ばす。すり抜ける。

『だめ、やめて！』

少女はその光を掴もうとしたのだろうか。でも意味がない行為だった。凝縮された光は真っ直ぐにシャルマンに向かう。シャルマンの、左目に飛び込んだ。低くうめいてシャルマンは目を押さえる。膝をついた。庇われていた祖母が、思わずと言ったようにシャルマンの背中に触れる。

ああ、と、深く悟ったような声が、シャルマンの口からこぼれた。

シャルマンは笑っていた。すべてを諦めたように、すべてを受け入れるかのように。

『……さよならだ、エマ。わたしはこの地を去らなければならない』

静かにシャルマンが言ったとき、祖母は激しく首を振った。シャルマン自身が受け入れた事実を、祖母はまだ受け入れられないのだ。けれど構わず、シャルマンは言葉を続ける。

『この先、なにがあってもどこにあっても、……誰かと共にあっても、わたしはそなたの幸福を祈っているよ。だからどんなときでも胸をはって、真っ直ぐに生きてゆけ、エマ』

そんな言葉を紡ぎながら、シャルマンの姿がだんだんと薄くなっていく。確かにそこにいるのに、存在感が乏しくなっていく。この場から消えようとしている？　ありえない事態を目の当たりにして、『シャルマン』と祖母は呼んだ。泣き出しそうな声で、彼を引き止めたいかのように。

『シャルマン、わたしは、』

ひどく必死な声で、祖母は何事かを言い出そうとしたんだ。でもなにを考えたのか、グッと唇を結んだ。ぎゅっと瞳を閉じて、開いて、笑った。

引きつっていたけれど、それは確かに笑顔だった。

『ありがとう。わたしも同じことを祈る。あなたがしあわせでありますようにって』

シャルマンは微笑んだ。祖母の眼差しとシャルマンの眼差しが交差した。

そうして、シャルマンはその場から消えた。

*

はっと気づけば、わたしはソファに腰掛けていた。

ベルベットの、艶やかな感触が手に触れて、気づく。元に戻ってきたんだ、わたし。ここは『アヴァロン』でもなければ異世界でもない。オリヴァーの実家、エドガーさんの家にある応接間だ。その部屋の中央にドーンと置かれたソファに、わたしとオリヴァーは並んで座っていた。

向かい側に置かれたソファに腰掛けて、エドガーさんが紅茶を飲んでいる。

隣のオリヴァーが動いて、左腕の腕時計を見た。「驚いたな。時間が経ってない」と呟くから、驚いた。あれだけ濃厚な時間を過ごしてきたのに？　エドガーさんを見る。微笑んでた。

「めまいや立ちくらみはないだろう？」

「あ、はい」

驚いているけれど、そういった症状は出ていない。だから素直にうなずいたけれど、あれ、もっと追求すべき事項があるんじゃないかな？　遅れて気づいたとき、「じいさん」とオリヴァーがエドガーさんを呼んだ。ゆるく微笑んだまま、魔法使いは渋い表情の孫を見やる。

「過去を見せるなら、見せるとあらかじめ言ってくれ。いきなりだから驚いた」

「おや。だが五十年前に起きた事実がよくわかっただろう？」

「わかったけど、よくわからないな。いま知らされた事実と『アヴァロン』にかけられた魔法がどう関係してくるのか、僕にはわからなかった」

そう言ってから、オリヴァーはわたしに視線を向ける。

そうだった。圧倒的な現象に流されていたけれど、わたしはそもそも、『アヴァロン』にかけられた魔法を取り消すために、祖母の望みを知りたいと願ったんだ。

そうして、エドガーさんの魔法によって五十年前の過去を見せられたわけなんだけど。

「ええと、つまり、シャルマンは、あの異世界の少女から祖母を守ったわけですよね？」

「そう。エクレーヌはエマに呪いをかけようとした。だが、駆けつけたシャルマンがエマの代わりにエクレーヌの呪いを引き受けた。結果、シャルマンはこの世界にいられなくなったわけだ」

「この世界にいられなくなる？」

不思議な言葉だと思った。

それに、この世界にいられなくなっても、シャルマンの場合、異世界があるんじゃゃ、という疑問が顔に表れていたのだろう。エドガーさんが苦笑した。

「この場合、異世界を含むこの世界、という意味だよ。専門的な説明は難解だから省こう。要するに、シャルマンはあらゆる時代の、異なる国々をさまよう羽目になったと理解してもらえればいい。シャルマンは、エマの代わりに孤独と苦難が待ち受ける日々を過ごすことになった」

そう言って、エドガーさんは軽く息を吐いた。

「この先の出来事は、軽く語るだけに留めよう。エクレーヌはシャルマンを呪った咎めを受け、次期領主の資格を剝奪された上に、幽閉された。エマはダーレンから『アヴァロン』を受け継ぎ、やがてわたしを探し出し、『アヴァロン』が異世界に通じるように改装を依頼してきたわけだ」

その言葉を聞いて、わたしも軽く息をついた。

エドガーさんから教えられた情報はあまりにも多くて、まだ飲み込めていない部分がある気がする。取りこぼしている部分があるんじゃないか、そういうおそれもある。

ただ、それでも祖母の望みは、わかるような気がしたんだ。

たぶんエドガーさんが普通に過去を語るだけなら、わからなかっただろう。思いがけない過去に衝撃を受ける程度に留まって、祖母の想いにまで触れられなかったに違いない。

でもわたしは、この目で当時の祖母を見た。シャルマンを見た。曽祖父も異世界の少女も。

だから当時の事情が我が事のように伝わってきた。その空気を感じ取れたから、祖母がなぜ、『アヴァロン』に異世界と通じる改装を望んだのか、わかる気がする。

「祖母はシャルマンを忘れたくなかったんですね」

わたしがそう言うと、オリヴァーがわたしを見た。気遣う眼差しに、苦笑が浮かぶ。

大丈夫だ。少なくとも、わたしは祖母に対して失望なんてしていない。なぜなら、わたしが祖母の立場なら、同じような選択をするだろう、と感じるからだ。

「正確には、忘れるわけにはいかなかった、かな。胸をはって真っ直ぐに生きていけ、と当人から言われても、シャルマンに守られた事実まで忘れるわけにはいかない。そんな恩知らずな真似、できるはずがない。助けられた事実を曖昧に扱って、それまでと同じ生活を送ろうという気持ちになれるはずがないんです。だから祖母は、せめて自分にできることをしようとした」

祖母は料理人だ。料理を作ることしかできない。シャルマンを待ち受ける苦難の日々を肩代わりすることも、シャルマンにかけられた呪いを解くこともできない。助けられた恩に報いたいと願ったとしても、もう、この世界から消失しているシャルマンへできることは、何もなかった。

ただ、祖母は料理人だった。料理を作ることはできた。

だから祖母は、その料理を使って報いようとしたんだ。サピエンティアが言っていた。『アヴァロン』を開いてから、祖母は精力的に動いていたと。食材を開発し、弟子を育成し――――。

……それはきっと、いずれはシャルマンが戻るだろう異世界に、自らの料理を広げるため。

だって若いときの祖母は、シャルマンをもてなすことが大好きだったのだもの。祖母の過去を、ほんのひととき、見ただけだけど、祖母の気持ちはわたしにも伝わってた。

シャルマンだって、そんな祖母が作る料理を味わうことを愛していた。それ以上の感情もあったみたいだけど、二人の基本は料理を作り、食べること。だから、もっともっとシャルマンを喜ばせたいと祖母は願って、精進していたんだ。そんな祖母だったから、苦難を超えて戻ってくるだろうシャルマンが、美味しい料理を食べられますように、と、考えたに違いないのだ。

そう。祖母はシャルマンが必ず呪いに打ち勝ち、戻ってくることを願ってたんだ。たとえ自分がいなくなった後であっても、必ずあるべき場所に戻って来られますように、と。

祖母の料理《これまで》は、きっと、そのための祈り。

「困りました」

苦笑して、わたしはエドガーさんを見た。

「わたしが思いついた祖母の望み、もう、叶っています」

わたしはイギリスを訪れて、いちばんにシャルマンに出会った。呪いを受けてるなら戻ってこられないこの世界で、彼とわたしは会ってる。つまり、シャルマンは呪いを打ち破っている。

祖母の願いは、叶っているのだ。

間・彼の時間は限られているが、喪失を愛しむことはできる。

覚醒はゆるやかなものだった。ふうっと押しやられるように、まぶたをゆっくりと開ける。分厚いカーテンの間から、光が差し込んでいる。唇が自然な微笑みを浮かべていた。夢見が良かったからだろう。なぜなら懐かしい女が登場したのだ。

(薄情者め)

しょせんは夢だ。それも短いうたた寝の間に見かけた、おぼろな夢。詳細など覚えていない。

それでも女は楽しげに笑っていたように思う。わたしに対し、嬉しそうに楽しそうに笑いかけてきた。ところがわざわざ登場したというのに、女は得意料理を振る舞うこともしなかった。

せっかく逢うことができたというのに。

それでも、偽ることはできない。わたしは、たとえ夢であっても女の姿を見ることができて、とても満足していたのだ。かつてないほど、心が充足している。だから気づいてしまう。あの女の料理を求めた理由は、つまりはあの女に逢いたいと願っていたからに過ぎない。

――――長い、長い、苦難にまみれた日々で、あの女がさいわいであるように、と願っていた。

あの女はきっと、わたしの願いを叶えたのだ。真っ直ぐに、胸をはってしあわせに生き抜いた。短い夢を見終えたいまは、そんな確信がある。苦味が込み上げた。だが、わたしは笑った。

意地を張っている自覚はある。できるなら、わたしは自身の手で女をしあわせにしたかった。

苦く切ないこの感情は、もうこの世にはいない、あの女がもたらした最後の味わい。ならば、とことん味わってやるまでだ。

「さよならだ、エマ」

小さくつぶやいて、わたしはまばゆい午後の光を浴びながら目を閉じた。

第四章・異世界にて祖母の望みを追う。

覚えた違和感はほんの少しだけ。ふわっと浮遊したような感覚が身体をおおった。

でもその感覚は、すぐに消える。

そうして目を開けばもう、わたしは『アヴァロン』に立っていた。近くにはオリヴァーがいて、軽く頭を振っていた。わたしも同じ。足元がおぼつかなくなるほどではないけれど、どうにも落ち着かない感覚があって、せめてその珍妙な感覚を頭を振ることで振り払おうとしていたのだ。

あれからわたしたちは、遅い昼食を食べたあと、『アヴァロン』に戻ることに決めた。『アヴァロン』にかけられた魔法を解除する方法は、祖母の望みを叶えること。わたしが思いついた祖母の望みはすでに叶っている。にもかかわらず、『アヴァロン』の魔法が解除されないのなら、祖母の望みは他にあるということ。その望みを探り出すために、祖母の家《アヴァロン》に戻ると決めたら、エドガーさんが魔法で、『アヴァロン』までわたしたちを移動させようと申し出てくれたのだ。

抵抗はあった。でも素直に列車を使って移動したら、到着はギリギリの時間になるとわかっていた。いや、もしかしたら間に合わないかもしれない。そう考えたわたしたちは、結局、エドガーさんの力を借りた。そうして魔法による空間転移を体感したのだ。

（とんでもないな……）

しみじみそう感じる。魔法って本当に巨大な力だ。ロンドンとこの街に横たわる長距離を一瞬で縮めてしまえるなんて、便利なことこの上ない。だからこそ、畏れのような感情も出てくる。

祖母の望みを探ると決めたわたしたちに、声援だけを送ったエドガーさんへの、ささやかな不満も消えていくというものだ。わたしはオリヴァーと顔を見合わせて、頷きあった。この畏れは、どうやら二人ともが抱いている感情らしい。同じ価値観を共有できて、さいわいだ。

エドガーさんの力は、頼りにするには大きすぎる。できれば頼らずに済ませたい。

「二階に行こう、トウコ。エマのノートの原本がある」

そう言ってオリヴァーは鍵を開けて『アヴァロン』から出た。空は曇っているけれど、まだ陽が落ちるまで間があるようだ。早い時間に戻ってこられた事実に安心しながら、わたしは口を開く。

「もしかして、昨日、実家から持ち帰った荷物ですか」

ただの直感だ。女の勘ってやつ。

でもわたしの適当な推理は当たっていたようで、オリヴァーは驚いたように眉を上げた。「鋭いね、トウコ」と告げて、二階に続く階段を上がる。わたしも続いた。

「……僕は、シャルマンを、エマの強烈なファンだと考えていた。だからエマのレシピノートを渡せば、彼が持つ情報を寄越してくれると考えついたんだ。さいわいにも、トウコの料理のおかげで、シャルマンは必要な情報を寄越してくれた。結果、エマのレシピノートを渡す必要がなくなったわけだけど、今となっては、渡さずに済んでよかった、と、安心してる」

ずいぶん遠回しな物言いに、わたしは首を傾げた。

シャルマンにレシピノートを渡さずに済んでよかった？

どういう意味だろう、と考えて、すぐに気づいた。

つまり祖母のレシピノートには、料理以外の情報も書かれているということだ。思わず息を呑む。料理以外の情報も書いたノート、それはもしかしなくても、日記というんじゃないのか。

「……シーザー暗号で書かれてるんですよね」

以前、オリヴァーが話していた内容も思い出したから、そう言った。オリヴァーはチラリと笑ったけど、すぐに笑みを収めて「言い訳がましいかもしれないけれど、」という言葉を続けた。

「僕はエマを尊敬している。だけど彼女のプライバシーにまで足を踏み込むつもりはなかったから、レシピ部分しか解読してない」

わたしは、ふ、と笑った。オリヴァーって、時々、すごく真面目だ。

「大丈夫です。たとえ日記部分の解読に骨が折れても、『オリヴァーが解読してくれてたら、もっと楽だったのに』なんて言いませんよ」

本当は、祖母を気遣ってくれてありがとう、と言いたかったけれど、これから日記を読もうとする孫が言う言葉ではないなあ、と考えて言い直した。オリヴァーはもう一度苦笑する。

そうしてわたしたちは二階の居住スペースに落ち着いて、祖母のレシピノート、日記の解読に取り掛かった。シーザー暗号の解読方法を教わり、祖母が書き残した日記部分を読み解く。

たくさんあるノートのうち、オリヴァーは最新の日付から、わたしは最古の日付から解読を始めた。祖母が何を考えていたのか。日記から探り出す行為に、やっぱり罪悪感はあったのだけど、だんだん感覚が麻痺してきた。

シャルマンに関する記述が日記にはない事実を意外に感じながらも、祖母のささやかな日常を読み解いていった。レストランを魔改造し、異世界の食材研究をしながら人ではない弟子を受け入れているにもかかわらず、祖母の日常はごく当たり前の生活だった。気が抜けてしまうほど。

それでも、やっぱり、時々、解読する手が止まる。

祖父と結婚した祖母が、娘を産んだあとの生活を記したところなんて、なかなか読み進められなかった。祖母の内心は書かれていない。でも異世界の食物に関する記述ばかりだった内容が、この世界の、現実世界に存在する食べ物に関する記述に取って代わられた事実を確認したとき、わたしはシャルマンとの別れから、祖母が本当に立ち直って生きていた事実を確信できたのだ。

それが嬉しくて。

でも自分事ではないのに切なくて、泣き出したいような気持ちになってると、ジリリリ、という音が響いた。チャイムの音だ。ぼんやり窓の外を見たら、もう真っ暗になっていた。オリヴァーが動く。ドアホンのある部屋に向かう後ろ姿を見届けてから、わたしは喉の渇きに気づいた。

そういえば、結構な時間が経ってるのに、わたしたち、飲み物はおろかごはんも食べてない。

熱中しすぎたな。そんな反省を抱きながら、わたしも立ち上がって、台所に向かう。

オリヴァーの声が聞こえる。訪問者とやり取りを交わしている声を聞いて、唐突に、我に返った。

もう、『アヴァロン』は夜を迎えている。ならば、この訪問者は異世界の住人だ。

誰なんだろう。そう考えたとき、足の向きを変えた。台所ではなく、オリヴァーのそばに行き先を変更したのだ。小走りに近づいてきたわたしに、オリヴァーは気づいて顔をしかめた。なぜ、と考えたときに、その声は聞こえたんだ。

『――――俺はそんなに難しい依頼をしているか？　エマ・ウィルソンを我が屋敷に招待したいと言っているだけだろうが』

若い男の声だった。よく通る声、だけど、傲慢なほど強さを感じさせる声。ドアホンの画面を見たら、凛々しい装飾の服を着た男性が見えた。黒い髪に紫の瞳。精悍な面差しの男性だ。

って、そうじゃなくて。

（おばあちゃんを？）

わたしはそっと声に出さずに、口パクでオリヴァーに話しかけた。オリヴァーは諦めた様子でうなずく。そうして今度こそ声に出して、ドアホンに話しかけた。

「ですから何度も申し上げているように、エマ・ウィルソンはすでに亡くなっております」

『馬鹿言え。昨日、シャルマンとサピエンティアをもてなしたという噂を耳にしたんだ。あの、エクレーヌを陥れた《完璧たる種族》が、な！』

え、と息が止まった。そのくらい、悪意に満ちた言葉を聞いた気がしたんだ。

動きを止めて、ドアホンの画面に映る男の人を見つめていると、『まどろっこしい』という言葉が聞こえた。同時に、わたしとオリヴァーしかいなかった部屋に、第三者が現れた。

唐突な気配の出現に、息を呑んだ。魔法による空間転移だ。唖然としてるわたしをオリヴァーは引き寄せる。わたしを背中の後ろに隠したオリヴァーは、ため息をついたようだ。

「ずいぶん不躾ですね。それとも不法侵入が異世界の礼儀なんですか」

「不法侵入？　《完璧たる種族》とはいえ、料理人《クック》の分際で生意気な。この《セクンドゥム》に法を説く資格があると思っているのか。たかが料理人《クック》が」

男は冷ややかに言った。知らない単語が混じっていたけれど、男の、わたしたちを侮り、見下してもいる感情は伝わってきた。わたしは両手を拳に握りしめる。

今までに感じたことのない怯えが込み上げていた。でもオリヴァーがわたしの前に立っている。揺らがない背中を目にしてしまえば、怯えているだけではいけない、こうして庇われているだけではいけない、という気持ちが育ってくる。

ひとつ、息を吐く。思い切ってオリヴァーの背中から出て、オリヴァーの隣に並んだ。男性の黒い眉が、意外そうに動く。その下の紫の瞳を、わたしは真っ直ぐに睨みあげた。

「トウコ！」

あわてたようなオリヴァーの声が聞こえた。乾いた唇を湿らせて、わたしは口を開く。

「橙子です。高槻橙子。昨日、シャルマンとサピエンティアをもてなした料理人はわたしです。エマ・ウィルソンはもういません。ですからあなたのご要望には応えられないと思います」

そう言うと、男性はニヤッと笑った。

意外なことに、男性が浮かべた笑顔は、子供のような表情だった。気がゆるみそうになる。でもあわてて気を引き締めて、わたしは男を見据え続けた。

「なるほど、エマじゃない。でも瓜二つだな、おまえ。血縁者か」

「孫です」

「だから似ているのも道理か。さすがは《完璧たる種族》だな。だったらおまえでもいい」

そう言ったとき、男はすでに笑顔を消していた。

ひどく真摯な表情だ。そう感じたとき、オリヴァーが再び、わたしを引き寄せようとした。少なくとも、その気配を感じた。でも実際にはオリヴァーが動くことはなかった。ただ、小さくうめく声が聞こえた。オリヴァーの声だ。苦しそうにも聞こえる声に、わたしはあわててオリヴァーを見た。するとオリヴァーの表情が、ひどく険しく歪んでいたんだ。只事じゃない。

「オリヴァーっ？」

「おとなしくしておけ、料理人《クック》。いや、——《魔法使い》の血縁者よ。その身に流れる血を尊重して、無礼なおまえに手出ししないでいてやる。俺はただ、エマ・ウィルソンの技術を持つ料理人《クック》を、我が屋敷に招待したいだけだ」

そう言いながら、男はわたしを見た。紫の瞳がわたしを捉えたとたん、わたしは動けなくなってしまった。比喩じゃない。物理的に、指一本、動かせなくなったんだ。

何が起きてる。何かが、起きてる！

混乱したわたしは、男が手を伸ばす様を見た。そうしてその手がわたしの二の腕に触れたとたん、頼りなく意識を失ってしまった。

*

ふっと、目覚めたとき、わたしは自分の置かれた状況がわからなかった。

だって、ふわふわしたベッドに横たわっていたんだもの。それも普通のベッドじゃない。まるでお姫さまが使うような、天蓋付きのベッドだ。オフホワイトのやわらかな布が四方に下がってて、まわりがまったく見えない。不安になる。でも意識を失う前の状況を、すぐに思い出した。

あの男が、なにかをしたんだ。

そう考えついたわたしは、ぐっと唇を結んだ。片手をついて、上半身を起こす。身体はなめらかに動いた。そんな事実に安心して、足を床に下ろす。ストッキング越しに、床の冷たい感触を感じたけれど、構うものか。わたしはそのままベッドから立ち上がって、布を開いた。

そうして、言葉を失った。

ベッドがある場所は、広い部屋だった。ベッドがあるだけではなく、瀟洒な書物机やソファセットがある。カーテンがかかった窓は、床から天井まで届くような大きさの窓だ。ダスティピンクのカーテンは開かれていて、けれど窓の外は深い闇に沈んでいた。今は夜なのか。一瞬、そう考えた。でも夜闇を映し出しているというには、なんだか違和感がある。近づいて、気づいた。違う、この景色は、窓の外にある景色は、夜の空じゃない。

深海の、暗闇だ。

(どこよ、ここ)

改めて、そう考えた。混乱しそうな心を落ち着かせようと、息を吸う。吐く。深呼吸する。

何度か深呼吸を繰り返したら、状況への理解が、頭の中に広がっていく。

おそらくわたしは、唐突に『アヴァロン』に現れた、男に攫われたんだ。傲慢そうなあの男は、エマ・ウィルソンを、祖母を屋敷に招待したいと言っていた。そうして祖母が亡くなっていると伝えたら、「おまえでもいい」と言っていた。そう、だからここはあの男の屋敷なんだろう。

海の中にある、屋敷。

どうしよう、と途方に暮れた。そんなところに連れてこられて、わたしはどうしたらいいんだろう。逃げる？　そんなの、どうやって？　じゃあ、大人しくここで、あの男を待つ？

冗談じゃない。

わたしはくるりと向きを変えて、窓から逆の方向に向かった。そちらに扉がある。鍵はかかっているかもしれない、と思いついていた。でもだからといって、何もしないでいられるもんか。

扉の取手を回せば、やっぱり鍵はかかっていた。ガチャガチャと不快な音が響く。だから拳を作って、ドン、と扉を叩いてやった。声も張り上げる。「誰かいませんかっ」と言ったし、「ここを開けて！」とも言った。扉の向こうに誰もいないのかもしれない。でも何もしないでいるほど、この状況で大人しくしていられるほど、わたしは悟った人間じゃない。

そうしてしばらく騒いでいたら、「お嬢さま？」という声が扉の向こうから響いた。

わたしはお嬢さまじゃない。そう反発したくなったけれど、扉の向こうにいるだろう人の声を聞くために、動きを止めた。取手の、鍵を回す音が聞こえる。ガチャ、と解錠の音が響いた。

「失礼いたしました。すでにお目覚めだったのですね」

そう言いながら現れた人物に、わたしは息を呑んだ。

獣人だった。祖母と付き合いのあった農家さんとは違う形の。

首から下は、ごく普通の人間だ。燕尾服をまとっている。でも首から上は、凛々しい豹の形をしていた。開閉する口から、鋭い牙が見える。さすがに噛み付かれるとは思わなかったけれど、スッと落ち着いてしまった。そのくらい、新たに現れた異形に、わたしは度肝を抜かれた。

「お嬢さま?」

わずかに首をかしげて、獣人はわたしをうかがう。はっと我に返ったわたしは、うろうろと言葉を探した。でも混乱から一気に落ち着いた脳は、この状況に最適だろう言葉をなかなか捻り出せない。頼りなく口を開閉させて、つぶやくような調子でようやく告げた言葉は「わたし、お嬢さまじゃありません」という言葉だった。それ、何もいま、言わなくてもいいのに!

「失礼いたしました。では、お名前を頂戴しても？」

ところが獣人は丁寧にわたしの言葉を拾って、わずかに腰をかがめて訊ねてきた。

ああ、もう、完敗だ。

わたしは息をついて、真っ直ぐに獣人を見上げた。頬にかかった髪を払い、口を開く。

「橙子です。高槻橙子。その、エマ・ウィルソンの孫です」

この名乗りでいいのか、と不安になりながら言い切ると、獣人はぐわっと口を開けた。

笑ったのだ、と、じきに気づいたけれど、わたしはビクッと肩を揺らしてしまった。噛み付かれるかと思ったんだもの。そんなわたしにすぐに気づいた獣人は「失礼」と短く詫びて。

「あのエマ・ウィルソンさまのお身内でいらしたのですね。お会いできて、とても嬉しく感じます。わたくしはリケサと申します。《セクンドゥム》ウィレースさまにお仕えする者です」

「せくんどぅむ……うぃれーす、さま？」

おぼつかない発音で、自分の主人の名前を繰り返したわたしを、リケサさんは不審に思ったはずだ。けれど態度に出すことはせず、やわらかな態度で「さようでございます」と答えた。

わたしは、右手を額に当て、考え込んだ。

せくんどぅむ。どこかで聞いた気がするけれど、思い出せない。うぃれーすという名前に至っては、聞き覚えなんてない。でも推測はできている。おそらく、わたしをここに連れてきた男の名前が、ウィレースなんだろう。唇を結び、考えて、わたしは顔を上げた。思い切る。

「ウィレース、さまにお会いできますか。なぜわたしをここに連れてきたのか、知りたいんです」

リケサさんにそう言うと、困ったような気配を漂わせた。

や、豹だからね。表情の変化なんてさっぱりわからないんだけど、獰猛な口元に生えている髭がぴょこんと揺れたんだよ。うん、かわいいなんて思ってない。猫みたい、とも考えてない。

ただ、ちょっとリケサさんの髭に、意識が集中した。そんなタイミングだった。

「リケサ」

凛と響く声が、その場によく通った。

聞き覚えのある声に、わたしはあわてて首を動かした。あの男だ。視線を向ければ、廊下の向こうから、ゆっくりと歩み寄ってくる、その姿が見える。リケサさんが胸に手を当て、上半身を折った。わたしは両手を拳に握りしめた。唇を固く結んで、あの男、ウィレースを睨む。

男はふっと笑った。

「目覚めたか、エマの血統。息災そうで何よりだ」

息災そう？　よくもまあ、ぬけぬけと。

「おかげさまで。寝心地のいいベッドを用意していただけて、目覚めは確かに最高でした。すぐにあなたに意識を奪われた事実を思い出して、とびきり最悪な気持ちになったけれど」

ツンケンと言ってやれば、男は面白がるような表情を浮かべる。そのままリケサさんに茶の用意を言いつけて、先ほどまでわたしが眠っていた部屋に入る。どさりとソファに腰掛けて、視線だけでわたしを招く。何様だ、こいつ。腹が立つけど、しかたがない。向かい側に腰掛けた。

「身体は問題ないか。あれから丸一日、おまえは眠りっぱなしだったのだぞ」

丸一日？　思いがけない言葉に、わたしは目を丸くし、すぐに半眼になった。

「あなたのせいですね。少しは責任を感じてらっしゃるんですか」

「多少はな。《完璧たる種族》のひ弱さは聞いてはいたが、あそこまでとは思わなかった」

わかりにくい物言いだけど、どうやらウィレースは詫びているつもりらしい。これでかよ、とツッコミたくなったけれど、相手の力量がわからない以上、反抗的な態度は抑えるべきだ。だからわたしは、こぼれそうになったため息を抑え込んで、曖昧にうなずいた。

扉が開き、リケサさんがティーセットを運び込んでくる。そうしてテーブルに茶の用意を終えたあと、ウィレースの背後に立った。静かに控える姿に、わたしはちょっと心細い気持ちになったけれど、ウィレースはさすがに慣れた様子だ。ゆったりとティーカップを傾けながら、口を開く。

「俺がおまえを、我が屋敷に招待した理由は、簡単だ。身内に、料理を作ってもらいたい」

「料理を、作る？」

意外といえば、意外。でも納得できるといえば、納得できる理由だった。

なぜって、わたしも祖母も料理人だもの。たとえば庭掃除をしろとか言われるよりも、はるかに納得できる理由だ。それにそもそも、レストランで働いていたとき、特別な依頼を受けて、大富豪が所有する個人宅でイベント用の料理を作ったことがある。それと同じようなものだとしたら、よりスムーズに事態を呑み込むことはできた。まあ、それでも拉致はやり過ぎなんじゃないかと考えていたのだけど、そんな考えも吹き飛ぶ言葉を、ウィレースは続けたのだ。

「身内は、この五十年、ずっと食事を拒絶している。このままでは命を失いかねない」

「五十年、食事を拒絶？」

ウィレースが告げた言葉を信じられなくて、わたしは機械的に繰り返した。動揺が声に表れてて、かすかな響きにしかならなかったけれど、ウィレースには聞こえたらしく、うなずいた。

（奇妙な、符合ね）

頭のなかで、こっそり考えた。五十年。それは祖母が。シャルマンが経てきた、特別な歳月だ。そしてわたしは閃いた。もう一人、その五十年を特別に受け止めているだろう人がいる。

そうだ。なによりもウィレースはあの瞬間に、その人物の名前を言っていたじゃないか。

「エクレーヌさんですか」

わたしがその名前を口に出したとき、ピリッとした緊張がその場を走った。

とっさの、抑えきれない反応だったのだと思う。

ウィレースは、確かに、一瞬、わたしを睨んだ。

その視線を感じ取ったわたしも、瞳に力を込めて、ウィレースを睨み返した。あのときに聞いた、悪意に満ちた言葉、「エクレーヌを陥れた」という響きを思い出しながら、踏ん張った。

わたしたちの睨み合いは、長くはなかった、と思う。

ウィレースは静かにわたしから視線を逸らし、わたしも詰めていた息を吐き出した。やだな。俯きそうになる気持ちをこらえて、わたしは心の中で呟いた。握りしめてるのに、手が震えてる。

「……エクレーヌは、幽閉されてからずっと食事をしていない。彼女の妹たちが懇願しても、彼女の父君が引責から俺に《セクンドゥム》の地位を譲っても、母君が心労のためにお亡くなりになっても、彼女は頑なに食事を拒絶している。八大諸侯になるはずだった女性だ、食事を摂らなくても生き続けていられる。だが、五十年だ。限界も、近い」

壮絶といえば壮絶な、あの少女のエピソードに、わたしは言葉を失った。

なぜエクレーヌは食事を拒絶するのだろう。ごく自然な流れで、わたしはそう考えた。同時に考えた。なぜ、ウィレースはわたしに。いいや、エマ・ウィルソンに料理の依頼をしてきたのだ。

怯む気持ちはある。また、なにかをされたらどうしようという怖れもある。でもウィレースは目の前にいる。そして彼はわたしに依頼をしてきている。

なら、命の保証はされている、と言い聞かせて、わたしは口を開いた。

「なぜ、わたしに料理を作るよう依頼を？　彼女にとって最悪の相手ではないのですか」

ウィレースはフッと笑った。生々しい傷口が見えるような、自虐的な微笑みだった。

「シャルマンが、戻ってきたからだ」

思いがけない言葉に、わたしは困惑して目を瞬いた。ウィレースは続ける。

「エクレーヌの呪いを受けたシャルマンは、エクレーヌの呪いが消えるまで、この地に戻って来られないはずだった。けれど、彼は戻ってきた。つまり、エクレーヌの呪いは終わったんだ。なのに、シャルマンはエクレーヌに会おうとしない。あんなに慈しんだ教え子が、未だ、幽閉されているのにもかかわらず、このおかしな状況を変えようとしない。なのに、おまえには会いに行く。おかしいだろう。エクレーヌはもう、シャルマンを呪っていないんだ。だから、」

ウィレースは半端に言葉を切った。頭を振って、わたしを真っ直ぐに見据える。

「……エクレーヌのために、料理を作ってもらうぞ、エマの血統。他でもない、あのとき、エクレーヌを陥れた祖母の罪を濯ぐために、おまえがエクレーヌを生かすんだ。あいつが、再び、シャルマンに会えるように。今度こそ、《セクンドゥム》の座に就けるように」

わたしは。わたしは、身動きもできないまま、ウィレースの言葉を聞いていた。

命の保証はされている。そう言い聞かせていたけれど、無意味だったなあ、と頭のどこかで笑っていた。いや、命の保証はされているのか。ウィレースはただ、わたしに求めているだけ。

まるでナイフを喉元に突きつけるような気迫を込め、恫喝するように、要求しているだけだ。

喉がカラカラに渇いている。ティーカップに淹れられた紅茶は、きっともう冷めてしまっているだろう。でも飲もうという気にならなかった。圧倒されていた。なにかを間違えてしまっているという気持ちにさせられた。それが、悔しかった。祖母はエクレーヌさんを陥れたりしてない、と言い返したかった。できなかった。わたしは過去のすべてを知っているわけじゃない。

ただ、わかっていることは、五十年という歳月、食事を否定してきた少女がいるということ。

その少女のために料理を作ることを、今、求められているということだ。

「厨房に案内してください」

いくつか呼吸を繰り返して、わたしは見据えてくるウィレースに告げた。

凛とした響きになっていたらよかったのに、わたしの声ときたら、低く掠れていた。

「その依頼、引き受けます」

そう言ったら、ウィレースの紫色の瞳が満足そうに笑った。

＊

わたしの希望はすぐに叶えられた。厨房に案内されたのだ。

もっともわたしはこの屋敷に住む人間じゃない。イレギュラーに招待された料理人だ。だから厨房の説明を受けるより先に、この屋敷の料理を請け負っている料理人に紹介された。

「ほう、懐かしい顔ですな。そうですか、あなたはエマの血縁者ですか」

リケサさんに紹介された料理人は、完璧に、人間の姿をしていた。丸々しい、まるで恵比寿さまのような顔に、どっぷりとした身体を白く清潔そうなコックコートに包んでいる。

彼はわたしを見て、ニコッと笑う。親しみを感じさせる、温かな笑顔だ。思いがけずに出会った、好意的な表情にわたしが戸惑っていると、リケサさんがそっと教えてくれた。

この料理人は、祖母に、エマ・ウィルソンに料理を教わった存在なのだという。

だからこの屋敷に雇い入れられているのだ、と教えられたとき、わたしは混乱した。だってわたしは、祖母の血縁者だからという理由で、ウィレースから、あんなに強烈なマイナス感情を向けられたんだ。だから祖母に料理を教わった存在なんて忌避の対象になっているに違いないと考えたんだけど、《セクンドゥム》である以上、祖母の料理を避けられないんだそうだ。

なぜなら、祖母こそがこの五十年を費やして、この世界の料理の道を整えた本人だから。

きっかけは、サピエンティアだったらしい。この世界を統べる八大諸侯の会合を主催したとき、初めて彼女が料理で八大諸侯たちをもてなしたのだとか。それまで携帯食料を持ち込んでいた諸侯たちは、サピエンティアのもてなしに感動し、またその料理を用意した人間としてエマ・ウィルソンの名前を知ったらしい。シャルマンの身に起きた出来事を、多くの人がまだ覚えていた時期だったから、好意的な反応ばかりではなかったようだけど、祖母が用意した料理形式は洗練されていたため、八大諸侯が会合を主催するとき、サピエンティアに倣う慣習になったそうだ。

つまり、八大諸侯ともなれば、祖母に連なる料理人を雇用する必要があるということ。

そういう説明を受けたとき、わたしは思わず感心してしまった。まちがいなく、祖母はそう計ったんだろう。この世界にシャルマンが戻ってきた時のため、彼の好む料理を広める。そうと決めた祖母は、権力者たちに自分の計画を台無しにされないよう、考えたにちがいないのだ。

「《セクンドゥム》一族の皆さまは、公平な方々ですよ。一族の宝、かのエクレーヌ姫君がエマを呪って幽閉されたにもかかわらず、優秀な料理人だと、エマの力量は認められたのですから。かく言うわたしもこの屋敷でひどい目にあったことはありません」

恵比寿さまに似た料理人は、ニコニコッと笑いながら教えてくれた。曖昧に笑い返しながら、わたしは貸し与えられたコックコートを着て、髪をピシリとまとめる。料理人として身支度を整えたら、気持ちが引き締まる心地だった。長くなじんだ感触に、不要な緊張が消えていく。

「さて、エクレーヌさまに料理を用意なさるんですね？」

「その件なんですが、差し支えなければ、わたしに、料理の基本を教えてもらえないでしょうか」

料理人――名前を教えられなかったから、今後、恵比寿さまと呼ぶことにしよう――は、わたしの言葉に対して意外そうに眉を跳ね上げた。表情で驚きを伝えてくる彼に対して、わたしは思い切って告げた。つまり、わたしは確かに元の世界で料理人をしていたけれど、こちらの世界の食材を扱った料理は、数えるほどしか経験していないという事実を、率直に伝えたのだ。

呆れられてしまうかもしれない。そんなありさまで、よくもウィレースの依頼を引き受けたな、なんて、言われるかもしれない。身構えてたわたしは、「ほっほう」という笑い声に顔を上げた。

恵比寿さまは、つるりとした頰を撫でて、笑っている。

「そうですなあ。それならば、基本を知る必要がある。あのエマの孫娘さんに、料理の基本を教える羽目になるとは。これだから《完璧たる種族》は面白い」

(完璧たる種族?)

そういえばウィレースもその単語を言ってた。祖母もわたしも《完璧たる種族》だと言い、それらしき扱いをしていたな、と思い出していると、「もしやこの言葉もご存じない?」と言われた。素直にうなずくと、「ではお教えしましょう」と恵比寿さまは茶目っ気混じりに片目をつぶる。

「《完璧たる種族》とは、世界になることを約束された種族です。あなたがたに通じるように言い換えるなら、生命の終わりを迎えて死ぬ、——世界の、他者の一部になることを約束されている種族を《完璧たる種族》と言います。我々は不死ではありませんが、世界の一部となる死を確約されているわけでもありません。だからいずれ、終わりを迎える瞬間、無為に霧散せず、世界の一部となるためには、世界の要素を取り込む必要がある。そのために、《完璧たる種族》を食べて、己の構成を、世界に寄り添う形で変えていくのですよ」

恵比寿さまが教えてくれた言葉は、抽象的でわかりづらいところが多かった。

ただ、ここが異世界であることを急に意識させられながら、最後に付け加えられた言葉にわたしは目を丸くした。《完璧たる種族》を食べる。なら、わたしもこの世界では食用なんだろうか。

青ざめたわたしを見て、恵比寿さまは笑う。

「大丈夫ですよ。《完璧たる種族》でも人間は、食用とすることを禁じられています。眠りのうちにおわす陛下と同じ存在を食べるなんて畏れ多い。食欲を刺激される者も少ないはずですよ」

また、聞き流せない言葉が耳に入った。

陛下。この世界では、八大諸侯が最高権力者だと思ってたんだけど、別に王さまがいるのか。それも《完璧たる種族》の、人間？　そもそも眠りのうちにおわすってどういうこと。

わたしの疑問に気づいただろうに、今度の恵比寿さまは何も言わない。

ただ、食糧庫からいくつかの素材を持ってくるよう召使いに言い付けて、台所の棚からいくつかの調理器具を取り出した。包丁、まな板、鍋、フライパン。使い慣れた調理器具に、わたしはホッとする。恵比寿さまの説明を聞いたところ、使い方も一緒だった。よかった、と安心する。

そうして召使いが持ってきた食材の説明に入る。恵比寿さまが選んだ食材の説明を一通り聞いて、わたしも考えていたことを率直に伝えた。

エクレーヌさんは五十年という歳月を絶食して過ごしている。どうやら水は飲んでいるようだけど、固形物を食べていないらしい。なら、断食明けの人間がそうであるように、急に固形物を食べたら、消化機能に負担がかかると思うのだ。だから身体に優しい食事を用意すべきだと。

「身体に優しい食事ですか」

「流動食やスムージー、スープが最適だと思います」

そう言うと、「ふむ」と恵比寿さまは考え込みながら、さらにいくつかの食材を選んだ。

わたしたちの世界とこの世界の食材は、たしかに異なる食材もあるけれど、重なる食材もある。恵比寿さまが今選んだ食材は、わたしたちの世界でもよく見かける食材だ。玉ねぎに、にんじん、セロリ、乾燥しているいくつかのハーブ。さらに登場した塊肉に、微笑みが浮かんだ。

恵比寿さまが今、思い浮かべている料理がわかったのだ。

「コンソメですね」

「はい。エマが教えてくれた料理です」

それなら、わたしも覚えがある。基本ですよ、と言って何度も教え込まれたフランス料理だ。働いてたレストランでも何度も作った、なじみ深い一皿でもある。

見た目こそ地味なんだけど、こんなに奥深い料理はない。たくさんの素材が反発し合うことなく混ざり合って、風味豊かでとても美味しい料理になる。コースのはじめにコンソメが多く登場する理由は、満腹感はなくても、食欲を刺激する一皿だからだ。美味が凝縮した料理と言える。

うん、と、わたしはうなずいた。

五十年食事を拒絶していたエクレーヌさんに提供するには、最適な一皿だと感じたのだ。

だからさっそく厨房の一角で、コンソメを作り始めた。

恵比寿さまはコンソメを作るわたしを見守っている。問題があれば手出しする姿勢に頼もしさを抱きながら、慣れ親しんだ過程をたどる。

この世界の《完璧たる種族》だった肉の塊を大きな鍋に入れる。水を入れて火にかける。その間にすべての野菜をちょうどいい大きさに切る。鍋が沸いてきたから、灰汁をすくいとる。ある程度灰汁が取れたら、野菜を鍋に入れていく。沸騰しすぎない温度を守りながら煮込み続ける。

途中、恵比寿さまはわたしから離れて、他の料理人たちと一緒に料理を始めた。この屋敷の関係者が食事を摂る時間になったからだろう。コンロの一角を占めてしまっているけれど、みな、要領よくわたしを無視してくれた。戦争のような時間が過ぎて、厨房には静かな時間が戻る。

その間もずっと、わたしはコンソメを作り続けていた。

コンソメ・ブイヨンが出来上がったころ、ウィレースがやってきた。痺れを切らした様子だったけれど、わたしが相手をするまでもなく、恵比寿さまが追い出してくれた。だからわたしは、心置きなくコンソメ・ドゥルーブを作り続けることができた。

そうして長い時間をかけて出来上がったコンソメを味見する。複雑な旨味を感じられる、いつもの味だ。充分に美味しい。でも記憶にある祖母の味には及ばない気がする。

いつもの葛藤が心によぎる。先輩に「悪癖だ」とたしなめられた思考の癖は、この味を提供していいのか、と、わたしに告げる。祖母の味に及ばないのに、この味を提供していいのか、と。

わたしは息を吐いた。自分で自分の、この悪癖をたしなめる。

わたしと祖母は違う。祖母は天才で、わたしは凡人。これは祖母に及ばないまでも精一杯を尽くした味。わたしにはこの味しか作れない以上、この味を提供するしかない。

恵比寿さまが隣にやってきて、わたしが作ったコンソメを味見する。短くない沈黙のあと、「充分でしょう」と言った。その声の響きに気づいた。同じ葛藤をこの人も抱いている。

わたしの視線に気づいた恵比寿さまは、ちょっと笑った。

でもそれ以上、何かを言うことはなく、召使いにエクレーヌさんの今を訊ねた。窓の外は、相変わらず暗い。時間の流れはわかりにくいけれど、今はちょうど活動時間に当たるよう。

エクレーヌさんは目覚めて、部屋で本を読んでいる、と、召使いは告げる。

だからさっそくコンソメスープを提供することにした。

*

サービスワゴンにコンソメスープをのせて、わたしは屋敷の廊下を歩いている。ウィレースも一緒だ。恵比寿さまの報告を受けて、「ようやくか」と言ったらしいウィレースは自らわたしを案内する、と言い出したのだ。わたしが用意した料理がコンソメスープと知った彼は、拍子抜けしたような表情を浮かべたけれど、何も言わなかった。

エクレーヌさんの部屋は、屋敷でもかなり端にあたる場所にあった。

濃褐色の扉の前に、二人の警備兵が控えている。ウィレースは警備兵の敬礼を受けながら、扉を開けさせた。予想よりもずっと広く、明るい部屋だった。窓に格子があるわけでもない。

扉を開いた先は、リビングルームだった。ねずみ色のソファの上に、緑色のクッションが置かれている。そのクッションにもたれかかるような態勢で、エクレーヌさんは本を読んでいた。

「また来たのですか、ウィレース。いいかげん飽きません、か」

ため息をついたエクレーヌさんはそう言いながらこちらを見て、その顔をこわばらせた。

ウィレースだけではなくて、わたしもいる事実に動揺したんだろうと思う。でもその動揺は長く続かない。すぐに落ち着いた表情を取り戻し、ウィレースにスミレ色の眼差しを向ける。

「何のつもりです」

呆れも怒りも感じさせない、淡々とした声音だった。だからこそ、圧があるというべきか。

「今日こそおまえに食事をしてもらいたくてな。特別な料理人を雇ってみた」

エクレーヌさんが放つ圧などまったく感じていないかのような態度でウィレースは飄然と言い放つ。そうして立ち位置を横にずらした。わたしの姿が見えやすいように、というエクレーヌさんへの配慮だろう。もっとも必要な配慮なのか、という疑問はある。

彼女はすでに、わたしに目を止めていたようだったから。

「確かに、特別な料理人であるようですね。でもわたくしの意向は変わりませんよ」

そう言ってエクレーヌさんは手に持っていた本を、傍に置いた。

「俺たちの意向も変わらない。わかってるだろう?」

そう言ったウィレースはわたしを振り返り、「支度しろ」と短く告げる。わたしは黙ったまま頷いて、エクレーヌさんの前のテーブルにカトラリーとスープ皿を並べた。そうして小鍋に入れたスープを注ごうとしたとき、エクレーヌさんが動いた。白い手が視界に入った、と思った次の瞬間に、わたしは熱を浴びた。コンソメの匂いが圧倒的に辺りを漂う。スープの入った小鍋をエクレーヌさんがつかんで、わたしにぶちまけたのだ、と遅れて理解する。

「エクレーヌ!」

ウィレースの叫びを聞きながら、わたしは髪先から滴り落ちるコンソメスープを、あげた腕で拭った。さいわいにもスープは目に入っていない。ただ、皮膚がピリリと反応している。

濡れて乱れた髪を耳元にかけて、わたしはエクレーヌさんを見た。静かな表情は、こんな暴挙を振るった人物とは思えないほど。あのとき、わたしたちの距離は縮まっていたから、コンソメの飛沫は、エクレーヌさんがまとうドレスにもかかっていた。でも気にした様子もなく、エクレーヌさんは真っ直ぐに、そして強烈な意志を感じさせる眼差しでわたしを見ている。

「わたくしの意向は変わらない。変えない。この者が調理する料理ならなおさらね」

　そう言って、エクレーヌさんは身をひるがして続き間に消えた。可憐な後ろ姿が濃褐色の扉の向こうに消えた後、わたしは身体の緊張を解いた。立ち尽くしているウィレースを見上げる。

「申し訳ありませんが、この場を立ち去ってもいいでしょうか。料理を作り直してきます」

　どうやらウィレースはその言葉で、我に返ったようだった。

　わたしを見直したウィレースは奇妙に表情を歪ませ、「いや、」と言った。わたしが眉を寄せると、「そうじゃない」と狼狽したように言葉を続ける。訳がわからなくて首を傾げれば、ウィレースはぐっと両手を拳の形に握りしめる。そうしてわたしに向かって、頭を下げた。

「料理を作り直す必要は、ない。申し訳なかった。服を着替えて、……ああ、服を用意させるから、そちらに着替えて、ちゃんとした治療を受けてくれ」

　その言葉に、わたしはウィレースと向き直った。

「わかりました。ではそのあとに、料理を作り直します」

「必要ない！」

大きな声でウィレースは言う。悄然としている彼を見上げて、わたしは口を開いた。

「作り直します。ご理解ください」

その言葉を聞いて、ウィレースはカッとしたようだった。再びわたしに向かって叫ぼうとするから、わたしは足を踏み出した。

ぶん、と腕を振り上げ、ウィレースの頬に手のひらが触れる、寸前で動きを止める。

さすがに、依頼主は殴れない。

パチクリと目を瞬くウィレースに向けて、わたしはゆっくり言葉をつむいだ。

「料理を作り直して参ります。よろしいですね？」

確かに、腹立たしい気持ちはあった。悔しい気持ちもあった。なんでこんな目に遭うんだ、と考えた。認める。ただ、それよりもこのままにしておくものか、という気持ちが強かった。

時間をかけて作ったコンソメスープを台無しにされたことが悔しい訳じゃない。料理を粗末に扱われるなんて、レストランで働いていた時代には珍しくもなかった。

このままにしておかない。このままにしてはいけない。あそこまで強烈に食事を拒む生き物をそのままにしておいてはいけない。料理人として育まれた良心が強く訴える。でもそれ以上に、知りたいと感じた。あそこまで頑なに食事を拒絶するエクレーヌさんが心に秘めた理由を。

――――わたくしの意向は変わらない。変えない。この者が調理する料理ならなおさらね。

祖母とわたしの容姿は瓜二つだと多くの人が言う。だからエクレーヌさんは、わたしが祖母の関係者だと察したのだ。そうして暴力的な手段を用いてまで、わたしの料理を拒絶した。

だからわかった。エクレーヌさんはそれほど、祖母を忌避しているのだ。

そして全身全霊で、はっきりと理解した。祖母の願いはまだ叶っていなかった。

シャルマンが祖母の代わりに受け止めている、エクレーヌさんの呪いは、まだ終わっていないのだと。

間・ひさしぶりに迎えた平穏が終わろうとしている。悟った彼は笑った。

がしっと言わんばかりの強い勢いで、わたしの腕がつかまれた。

執務机にて書類を読んでいたわたしは、さすがに驚いて、手の持ち主を見返す。なぜだかこわばった表情を浮かべている家宰は、わたしの視線を受けて「失礼いたしました」と詫びを告げて手を離す。詫びを寄越しながらも、ためらったあげくゆっくり手を離す動作に違和感を覚えた。

（まるでなにかを恐れているような）

率直な感想を思い浮かべて、わたしは閃いた。

そうか、時が来たのか。

「わたしが消えかけていたんだな？」

確信をもって訊ねれば、諦めたように家宰は頷きを返す。自分の手を見つめる。まだ消えていない、が、その兆候はすでに始まったのだ。じきにわたしはこの世界から消えるのだろう。

（間に合ったことはさいわいか）

今回、この世界に帰還できたわたしは、空席のままになっていた《セプティムム》を埋めるために動いていた。信頼できる人材を推薦し、座を正式に譲るための手続きを進めていたのだ。後任者は驚いていたが、わたしの説明を受け、重責を引き受けることに了承してくれた。だから心の負担は少ない。再び放浪の旅に出たとしても、この世界に与える影響は少ないのだ。

「なにか、手はないのですか。シャルマンさまをこの世界に留める方法は」

常に沈着冷静な、家宰らしからぬ言葉だと感じた。わたしは笑った。

「残念だが、これぱかりはな。――――エクレーヌを恨んでくれるなよ」

「無理をおっしゃる。あのおかたは我々から主人を奪う真似をなさったのに」

「まだ幼かったあれを見誤ったわたしにも責があるのだ。おまえの補佐を心から頼もしく思っていたよ。どうか、次代の、今代の《セプティムム》にも同じように仕えてくれ」

シャルマンさま、と家宰はつぶやく。わたしは微笑みを浮かべて立ち上がる。きたる苦難を思えば、これまでの孤独の日々を思い出せば、怯む心地は確かにある。だが、わたしは矜持にかけて微笑みを維持した。この世界に残る者が、消えゆくわたしに不安など抱かないよう、彼らの平穏を心から願っていたわたしはこの瞬間、笑顔を選ぶことにしたのだ。

そのときだった。懐かしい響きの、短い詠唱が響いた。

同時に飛んできた《力》が、わたしに向かう。花嵐のようにわたしを取り巻き、綺麗に消える。開け放していた扉の近くに、いつの間にか、人がいる。どうやら客人が来ていたようだ。案内をしてきた召使いと、《力》を放った人物、それから身覚えのある人物がわたしを見ていた。

「しばらく見ないうちに、ずいぶん諦めが良くなったんだな。シャルマン」

遠い記憶にある姿とはずいぶん様子を違えて、《魔法使い》はニヤッと笑った。

第五章・異世界にて魔女と一緒に料理を学ぶ。

エクレーヌさんの部屋から返ってきた料理は、今回もまったく手をつけられていない。

わたしは唇を引き結んで、召使いさんから料理を受け取った。「ありがとうございます」と言って頭を下げてしまったから、召使いさんが浮かべている表情は見えていない。

でも好意的な表情ではないんだろうなあ、と考えている。

だってわたし、役立たずなんだもの。

具体的になにかを言われたわけではないけれど、自分の内側から生まれた声は容赦なく糾弾してくる。自分から言い出したことなんだから、自虐的な言葉なんかで凹んだりはしない。そんな時間があるなら、エクレーヌさんが食べようという気持ちになれる料理を考えるべきだもの。

わたしがウィレースの屋敷に攫われて、もう五日が経とうとしていた。

その間、恵比寿さまから指導を受けながら、エクレーヌさんのための料理を調理している。ありがたい話だ。かつて働いていたレストランのオーナーシェフがそうであったように、この屋敷の料理を一手に引き受けている恵比寿さまだって忙しいはずなのだ。

なのに、いつものニコニコッとした笑顔を崩さないで、指導してくれる。だから成果を出したいのに、わたしはちっとも出来てない。そりゃ、恵比寿さまですら成し遂げなかったことを、この世界の料理を教わっている途中のわたしができるかといえば、疑問しかないんだけど。

ただ、そろそろ限界を感じ始めている。

消化にいい料理を中心に、あれこれ作ってきた。コンソメスープを手始めに、エクレーヌさんの好物だった海鮮を使ったリゾットや、栄養満点のフルーツを使ったスムージー。逆に、消化の悪そうなコッテリ肉料理やすっきりした魚料理、スパイシーなカレーも作ってみたよ。

でも、どれもエクレーヌさんは食べようとしない。

だから根本的な考え違いがあるんじゃないか、って考え始めているところ。ただ、闇雲に料理を作って、それをエクレーヌさんに届けるだけじゃダメだ。もっと根本的に、エクレーヌさんが抱えている感情を理解しなくちゃいけないんじゃないか、って、いまのわたしは考えてる。

受け取った料理を処理した後、わたしは厨房を出た。

次の料理を作るための仕込みをしなくちゃいけなかったけれど、思い切ることにした。ウィレースを探して、わたしの知らない事情を教えてもらおうと考えたんだ。数日間、この屋敷に客人として滞在したおかげで、ウィレースの執務室がどこにあるのか、わたしは察している。

その執務室のある方向に足を向けたときだ。

いつになくざわついている気配を感じた。ちょうど目的地と同じ方向だからそのまま足をすすめて、唖然として足を止めてしまった。

ウィレースの執務室から、出ようとしている人がいる。それも覚えのある人たちだ。

「オリヴァー？」

名前を呼んだけど、驚いていたからか、掠れた声になっていた。

それでも届いていたのか、室内を振り返っていたオリヴァーはハッとした様子で、わたしがいる方角に視線を向けた。わたしの姿を見つけた、と、同時に早足でこちらにやってきた。

そのままわたしに手を伸ばしかけて、途中でぎこちなく動きを止めた。そのまま不自然な動きで右手を移動させて、前髪をかき上げた。端正な口元に浮かべた苦笑が見える。

「無事でよかった、トウコ」

「……うん」

わたしも、同じ言葉を言いたかった、んだと思う。

だって、あれきりだったんだ。おそらくウィレースに動きを封じられ、目の前でわたしは攫われてしまった。きっとオリヴァーに心配をかけたと考えていたし、もしあのままだったらどうしようとも思っていた。だから、今、こうしてちゃんと動いているオリヴァーと再会できて嬉しい。

たぶんそれは、オリヴァーの背後でなぜだか頭をさかんに振っているエドガーさんと、微笑みを浮かべてこちらを眺めているシャルマンのおかげなんだろうけれど。

「ありがとうね、オリヴァー」

わたしは握りしめた右手を掲げた。察したオリヴァーが、わたしと同じように握りしめた右手をコツンと合わせてくれる。よし、これで再会の挨拶はおしまい。

ニコッと笑えば、なぜだかオリヴァーの苦笑が深くなる。

そうしてわたしは、三人に続いて執務室から出てきたウィレースを見た。どこか疲れたような表情を浮かべていた彼は、わたしを見つけて、ますますげっそりした表情になる。

失礼な。わたし、そんな表情を浮かべられる心当たりなんてない。

思わずムッとしていると、ため息をついたウィレースが口を開く。

「エマの血統。迎えが来た。帰れ」

考えるまでもなかった。

「いやです」

表情すら変えずに言い切ってやると、ウィレースは肩を落とす。エドガーさんやシャルマンは目を丸くしたし、すぐ近くに立っているオリヴァーが意外そうに「トウコ？」と呼びかけてくる。

だからわたしは説明と意思表示を同時に兼ねるために口を開いた。

「わたしはまだ、五十年も食事を拒絶してるエクレーヌさんが満足する料理を調理してません」

「……おまえを連れてきても、エクレーヌには逆効果だとわかった。だから帰れ」

「いやです」

そこで口を挟んだのはシャルマンだ。「食事を拒絶？」と驚いたように、わたしの言葉を繰り返して、チラリとウィレースに視線を向ける。ウィレースは無言のままだ。

「ふうん」と呟いたのは、すぐそばに立つオリヴァーだ。どこか挑発的な眼差しで、ウィレースを見ながら口を開く。

「すごいね。五十年も食事を拒絶し続けられるなんて。さすがシャルマンを呪うだけはある」

「口が過ぎるぞ、料理人《クック》。《魔法使い》の身内だからといって奔放な言動が許されると思うな」

オリヴァーの言葉を、どうやらウィレースはエクレーヌさんへの皮肉だと受け取ったらしい。ムッとした表情で口を開いたウィレースに、オリヴァーはさらに言葉を続ける。

「じいさんの身内だから罰しないでやるだって？　遠慮なんていらない。思うがまま、やってみろよ。じいさんだって別に止めやしないし、罰しもしないさ。そんなの、自分が未熟だと言ってるようなものだからね。それに気づかないなんて、滑稽極まりないな、この世界の権力者は」

挑発的、なんてものじゃない。露骨に喧嘩をふっかける言葉に、むしろわたしが驚いた。

オリヴァーってばどうしたの、と、考えかけたけど、そうか、とすぐに気づいた。

怒ってたんだ、オリヴァー。おそらくあの時からずっと、ウィレースに対して。

そりゃそうだよね、丁寧に応対してたのに、不当に動きを封じられたんだもの。

でもそれでオリヴァーがウィレースに傷付けられたらわたしがいやだから、そっとオリヴァーの腕をつかんで引いた。オリヴァーの視線がわたしに向く。今度はオリヴァーが息を吐いた。

「……それでトウコ、彼女のために料理してたんだ？」

「依頼されたんだもの。それに、」

続けようとした言葉にためらいを覚えて、チラリとシャルマンを見た。面白がるような表情でわたしたちを見ているシャルマンは、相変わらず眼帯をしている。

だから確信できた内容を、オリヴァーの、言葉の先を促す眼差しに勇気づけられて告げた。

「わかるでしょう。シャルマンにかけられた呪いはまだ、終わってない。おばあちゃんの望みも叶っていないのよ。だからまだ、元の世界に帰るわけにはいかないの」

「呪いが、終わってない？」

呆然とした言葉が、ウィレースの口からこぼれた。

わたしは驚いた。気づいてなかったの？　とも感じたし、誰も言わなかったの、とも感じた。

思わずオリヴァーを見上げれば、わずかに眉を寄せたオリヴァーの表情に気づく。

「トウコ。どうしてそれに気づいたんだい」

「エクレーヌさんに会ったから。その、祖母に対する感情は全然変わってないようだから、」

「なにかをされたんだね？」

誤魔化しながら告げるわたしの言葉尻を引き取って、オリヴァーは断言した。

キリリと表情を引き締めて、再びウィレースを見つめる。つかんだままの腕をもう一度引いたけれど、今度のオリヴァーは止まらない。「よくも言えたものですね」と冷ややかに言う。

「トウコを傷つけるような真似はしていないとあなたはおっしゃった。でもちがう。少なくともトウコは、シャルマンの呪いが終わってないと実感する目にはあってるんじゃないか。それとも気づいてなかったと言うつもりですか。だとしたら、管理不行き届きもいいところだ」

「ちがう。あれは、」

とっさに反論しようとした言葉がエクレーヌさんを貶める内容になると気づいたんだろう。ぐっと途中で言葉を止め、悔しげに唇も噛み締めた。

シャルマンが動く。両手を後頭部に回し、眼帯を外した。

そうして現れた左の目にわたしは息を呑んだ。金と緑が混ざった綺麗な瞳はそこにはなく、ただ、ぐるぐると渦巻いているモノがそこにはあった。これが呪いだ。すぐにわかった。

同じものを見たウィレースもさすがに息を呑んだ。シャルマンが困ったように笑う。

「ご覧のとおりだ、ウィレース。エマの血統が言うように、エクレーヌの呪いは終わってない」

「シャルマン」

「だから、わたしはここを訪れるつもりはなかったのだがな」

元通り眼帯をつけて、シャルマンはウィレースを見た。再びうつむくウィレースを、半目で見据えながら、オリヴァーは口を開く。

「甘やかしすぎですよ、シャルマン。あなたが彼女を糾弾してくれないから、トウコがすべてを背負う羽目になったんじゃないですか」

「そうだな。悪かった、エマの血統」

思いがけずシャルマンの謝罪を受け取ってしまう羽目になったけれど、わたしは誰も悪くないと思っている。それよりも、オリヴァーがちょっと言い過ぎているようにも感じたから、つかんだままでいた腕を、わたしはちょっとつねってしまった。

「痛いよ、トウコ」

「そんなにひどくつねってないよ。あのね、オリヴァー。このさい、誰が悪いとか言ってもどうしようもないと思わない？」

「というと？」

「だってもう、五十年経ってるんだもの。シャルマンはその間、いろんなところを放浪してしまったし、呪われた張本人である祖母も亡くなってる。現実はもう、容赦無く進んでるのよ。だから、いまさらエクレーヌさんの責任を追求してもどうしようもない。大切なのは、誰かが悪いと糾弾することじゃなくて、これ以上、シャルマンが振り回されないように、呪いをなくすことだと思うの。そのために、エクレーヌさんにごはんを食べてもらわなくちゃ」

「……。……その飛躍している論理が、トウコだなあって思うよ」

「論理が飛躍してる？」

オリヴァーに言われて、わたしは目を丸くした。

そうかな？　シャルマンの呪いを解いてもらうためにも、エクレーヌさんの心を変えなくちゃ、と考えたんだよね。だから食事を摂ってもらおうと奮闘してたわけで。

――あれ。よく考えたら、食事を摂ることと呪いを解くことに関連性は薄いような気が。

いまさら気づいたまさかの事実に衝撃を受けると、オリヴァーとエドガーさんが吹き出した。自分が笑われてるんだ、って気づいたけれど、でもしかたない。自分でも間抜けだと思うもの。

やがてエドガーさんが笑いを収めて、沈黙しているウィレースを見た。

「《魔法使い》としても断言しておこう。呪いはまだ有効だ。そして今この瞬間にも、発動した呪いはシャルマンを連れ去ろうとしている。この世界から、どこともしれぬ世界にな。だからトウコ嬢が言うとおり、彼の呪いを終わらせる必要があるんだが、さて、どうする」

問われたウィレースは、ぐっと拳を握りしめた。

なにを言うかと思って見守っていると、ウィレースはシャルマンを見た。口を開く。

「エクレーヌに会ってくれないか、シャルマン。おまえに会えばきっと、」

「馬鹿ですかあなた」

ざっくりオリヴァーがウィレースの言葉をさえぎる。かっと感情を荒立てたウィレースが叫ぶより先に、オリヴァーは大きく、わざとらしくため息をついてみせた。

「じいさんに過去を見せられたから僕は知ってる。シャルマンがエマを庇ったときに、エクレーヌ嬢は呪いを止めようとしたんです。でも呪いは止まらなかった。つまり呪った本人でも呪い自体をどうにかすることは不可能なんです。たぶん本人も意識できてない部分が問題なんだ。そうだろ、じいさん」

「確かにそのとおりだが、少しは言葉を選べ、坊主」

「あいにく、甘やかされた権力者向けの言葉なんざ、学校で教わってないものでね」

あくまでも反発的な物言いを続けるオリヴァーに対して、エドガーさんはやれやれ、と首を振った。シャルマンは苦笑し、ウィレースは何事かを考え込んでいる。顔を青ざめさせて、ぐっと拳を握りしめたウィレースに、わたしはいやな感覚を覚えた。

だってひどい表情を浮かべているんだもの。ろくなことを考えてないに違いない。

だからわたしはオリヴァーから離れ、ウィレースに近づいた。短く名前を呼ぶ。

ハッと顔を上げたウィレースは、わたしを見つめて、訝しげに眉を寄せる。わたしは口を開いた。

「呪いを解くためには、エクレーヌさんに変わってもらわないといけません。そうですよね」

「……ああ」

「そのために、なにか思いつく手段はありますか。正直、今のままじゃ見つからないと思うんです。もっと根本的なところから変えなくちゃ。手始めに環境を変えてみるとか、ダメですかね」

思いがけない言葉だったのか、ウィレースは目を丸くした。

そのままわたしを見つめ続けるから、居心地の悪さを覚えたわたしは、ちょっとウィレースから距離を置いた。その動きに我に返ったのか、ウィレースはまぶたを伏せて、言った。

「エクレーヌの幽閉は、八大諸侯が決めた決定事項だ。環境を変えるといっても屋敷から出すわけにはいかない。他にエクレーヌが変わることができそうなきっかけは、」

そう言いかけて、ウィレースは何事かを思いついたようだ。いま浮かべている表情から昏さを感じないから、聞いても問題ない内容だろう。そう推測しながら、わたしは「なんですか？」と先を促す。そうしたらウィレースはためらいがちに、言葉を続けた。

「おまえだ、エマの血統。おまえが来てから、エクレーヌの様子は変わってきている」

（わたし？）

思わず人差し指を自分にむけてしまった。なにかしただろうか、わたし。そもそも初日にスープをぶっかけられてから、恵比寿さまたちに止められて、エクレーヌさんとは会ってない。料理を作って届けてもらっていたけど、一口も手をつけないまま返される日が続いているだけだし。

「これまでは料理を用意させても無視するばかりだった。今もそれは変わってないが、おまえの去就を召使いに確認するようになっている。おまえを気にかけているんだ」

「それは、トウコがエマに似ているからではないのですか」

わたしの背後に移動していたオリヴァーが口をはさむ。「そうかもしれない」とウィレースはうなずいた。でも抱いてしまった期待を捨てきれない様子で、ウィレースはわたしを見つめる。

なんだかなあ。わたしは思わずため息をついた。この人、案外、ひとまかせだよ。エクレーヌさんがわたしを気にかける理由は、ただひとつ、わたしが祖母の血縁者だから、だろう。エクレーヌさんは祖母の現在を知らない。だから彼女は、現在の祖母や、もしかしたらシャルマンの現在も知りたいと、わたしから聞き出したいと考えたんじゃないだろうか。

――――エクレーヌさんと会話しても、いいかもしれない。

そう閃いた。もともと料理を食べてもらうために、彼女の事情を知りたいと考えたんだ。それを考えたら、むしろこの流れは、ちょうどいい。

ただ、わたしには自虐の趣味はない。またエクレーヌさんに暴力的な対応をとられたらいやだ、と感じる。最低限、わたしの身の安全を保証された状態なら、話してみてもいいかも。

だから、じっとわたしの言葉を待っているウィレースに訊ねることにした。

「確認したいことがあります。あなたは祖母がエクレーヌさんを陥れた、とおっしゃいました。それって具体的にどういう行為だったんですか？」

「知らないのか」

とても意外そうにウィレースは言った。え、なんでそんなに意外そうなんだろ、と、むしろこちらが驚いていると、ウィレースはシャルマンを見た。

「シャルマンが《セプティムム》の座を退いて異世界に、つまりおまえたちの世界に移住すると決めたとき、エクレーヌはこっそり、異世界に向かったんだ。そうして『アヴァロン』を探し出し、エマ・ウィルソンに会った。そのとき、エクレーヌはエマに侮辱されたと聞いてる」

「祖母がエクレーヌさんを侮辱した？」

想像できない。あの、若き日の朗らかな祖母が、会ったばかりの少女を侮辱するだろうか。想像できなくて、首をひねっていると、わたしと同様に、戸惑った様子のシャルマンが口を開く。

「あのエマが、エクレーヌを侮辱するなど信じられないが」

「だが、事実だ。それだけではなく、シャルマンに対しても侮蔑的な発言をしていた、とエクレーヌは言っていた。だからエクレーヌは激昂して、エマに呪いをかけようとしたんだ。エマはシャルマンの厚意を利用して、エクレーヌの呪いから免れた。したたかなエマに自分は陥れられたんだ、という言が、エクレーヌの主張だ」

祖母がシャルマンの厚意を利用して、エクレーヌさんの呪いから免れた、という言葉には、思い切り反論したくなった。なぜってわたしは、エドガーさんによって、過去を、そのときの風景を見せてもらっている。シャルマンはただ、理不尽な暴力から祖母を守っただけだ。祖母がシャルマンの厚意を利用するなんて、そんな余地はどこにもなかったと記憶している。

それともわたしの捉えかたが、おかしいんだろうか。

不安になって、わたしはオリヴァーを見上げた。ポンポンとわたしの肩を叩いて宥めてくれたオリヴァーは、ずっと沈黙したままのエドガーさんに視線を向ける。

「じいさん。俺たちに当時の情景を見せたあんたなら、知っているんだろ。事実はどうなんだ」

「見せてほしいのか？」

「まどろっこしい。じいさんの目から見た事実だけを言ってくれよ。エマはエクレーヌ嬢を侮辱したのか、シャルマンを侮蔑したのか。第三者の目から見たら、それはどう見えたんだ」

「……認識の違いによるすれ違いだな」

端的としか言いようのない説明に、わたしたちはそろって疑問符を浮かべた。

困ったようにも笑ってるようにも見える表情を浮かべて、エドガーさんが言葉をつなぐ。

「エクレーヌは箱入りのお嬢さまだった。次期《セクンドゥム》として厳しく育てられたものの、まだ幼いから知っておくべき庶民の常識の多くを知らなかった。聡明と称えられていても、人の言動の裏を読むことを知らなかった。だから、エマの『あなた、こんなことも知らないの』という素朴な驚きがエクレーヌにとって屈辱的な反応になったし、『シャルマンと一緒ね。あの人も、こんな簡単なことができなくて立ち尽くしていたのよ。本当に困った人』という好意に彩られた言葉が侮蔑的な発言に聞こえた。それだけのことさ」

わたしたちはウィレースを見た。視線を集めたウィレースは再び青ざめている。

それでもなんらかの言葉を探している様子の彼に、エドガーさんはさらに畳み掛けた。

「……わたしは当時からあちらの世界に移住していたが、ぜひにという八大諸侯の要求に応じて、その出来事を魔法で映写して見せた。建物や地面が記憶している彼らのやりとりをそのまま再現したんだ。物事を公平に判断したいという八大諸侯の思惑に共感したからな、面倒だったがわたしも公平に魔法を行使した。結果、エクレーヌは《セクンドゥム》後継者としての地位を失い、幽閉されることになった。それが道理だと八大諸侯は判断した。エクレーヌの父親は青ざめていたよ。まさか、自慢の賢い娘がそんな過ちを犯すなんて、考えてもみなかったんだろう」

そうしてエドガーさんは皮肉げに笑う。

「まさか、代替わりしたことによって、歪んだ事実があたりまえのように語られるとはな。先代《セクンドゥム》はおまえに、今代の《セクンドゥム》となったおまえに、この事実を伝えてなかったのか。ならば、職務怠慢だ。《魔法使い》として先代の責任を追求させてもらうぞ」

「ちがう。あの人は俺に伝えていた。ただ、俺がエクレーヌの言い分を聞いたから、だからっ」

「ウィレース。それ以上は控えよ」

ウィレースの言葉をシャルマンが厳しい調子で遮った。ウィレースはグッと沈黙する。

散々だな、この人。わたしは冷静に考えた。

ただ、それだけウィレースにとってエクレーヌさんは大きな存在なんだろう。だからといって、すべてが許せるかといえば、そんなことはない。少なくとも、この場にいるシャルマンやエドガーさんは厳しい眼差しをウィレースに向けている。オリヴァーもだ。

恵比寿さまに教えられた。《セクンドゥム》は八大諸侯のうち、第二位の地位にある権力者なのだと。大きな責任がある。《セクンドゥム》は他者よりも強く自制しなければならないのだ。

だから、すれ違いから爆発した感情を自制することなく、無力な祖母と八大諸侯第七位の《セプティムム》シャルマンを呪ったエクレーヌさんがすべてを奪われて幽閉される羽目になったのだ。八大諸侯としてもっとも大事な能力が身についてない、そう判断されて。

そうしてエクレーヌさんは先日、再び、自らの評価を下げた。自制できずに、わたしにスープをぶっかけたことによって、リケサさんや恵比寿さまを失望させたのだ。

＊

「エクレーヌさんと、会話をしてみようと思います」

わたしがそう言うと、その場にいる面々の、意外そうな眼差しが向けられた。

そんなに驚かれることかな。シャルマンの呪いを解くことが祖母の望み、祖母の望みが叶わないと『アヴァロン』にかけられた魔法は解けない。そのためにできることはしておきたいんだよね。

ただ、正直にいえば、会話程度で何が変わるのか、という気持ちはある。

わたしだってそれなりの歳月を生きている。だから会話なんて成立できない存在がいる事実を知っている。話し合いでなにもかも解決できるなら、世の中に紛争なんて存在しない。

だから最低限、身の安全だけは確保したいんだけど、と率直に続ければ、そばに立つオリヴァーが息を吐いた。見上げれば、苦笑混じりの温かな眼差しがわたしを見下ろしている。

「しかたないな。じいさん、僕もトウコにつきあう。フォローを頼む」

「高くつくぞ、坊主」

「ヘンドリックス・ジンで手を打ってくれ。好きだろ、じいさん」

いいだろう、とエドガーさんがニヤッと笑う。それでわたしたちがウィレースを見ると、彼は動揺をおさめて、わたしたちを見返してきた。

「エクレーヌに会ってくれるのか」

動揺を抑えたものの、わたしたちの意図がわからず、ウィレースは戸惑っているようだった。善意からの申し出だとは、さすがに考えていないのだろう。

だからわたしは手短にこちらの事情を説明した。

『アヴァロン』に魔法がかけられていること、その魔法は祖母の望みを叶えないと解けないこと、祖母の望みはおそらく呪いが解けることだと告げると、シャルマンは小さく笑った。

「相変わらずお節介な娘だ。最後まで変わらなかったのか」

あたたかな感情がにじみだすようなその微笑みから、わたしはそっと目を逸らす。

そんなふうに無防備に祖母への思慕を示されると、孫であるわたしはどうしたらいいのか、わからなくなってしまう。エドガーさんに見せられた過去が通り過ぎていく。

あのまま二人の仲が進んでいたら、どうなっていたかな。母親は、わたしはこの世に生まれていたんだろうか。

シャルマンをおじいちゃんと慕う「もしも」が、存在していたんだろうか。

そんなふうに思考の中で脱線していると、「わかった」とウィレースが言う。一瞬、何のことかと混乱したけれど、召使いさんを呼び寄せてエクレーヌさんへの先触れを命じてたから、わたしたちの申し出は受け入れられたんだ、と遅れて理解した。ほっと息を吐く。

状況は変わるかな。変わらないかもしれない。

やがて召使いさんが戻ってきて、エクレーヌさんがわたしたちの訪問を了承したと伝えてきた。ウィレースが歩き出す。わたしたちも彼に従う形で歩き出した。

「過保護だね」

歩き出してから、隣に並ぶオリヴァーがそっとつぶやいた。なんのことかと思って見上げれば、オリヴァーは前を進むウィレースを見ながら、わたしにだけ聞かせるように小さく続ける。

「幽閉と聞いたけど、扱いは丁重だ。だからエクレーヌ嬢はこの五十年、結局、変わるきっかけを与えられることもなく、箱入り娘のままだったんだな、と思っただけ」

わたしはウィレースを見た。この言葉は聞こえたのだろうか。先を歩く後ろ姿は揺らいでいない。オリヴァーの言葉が響いたとき、肩が小さく揺れたと思ったけれど、歩調は変わらない。

だからそれ以上ウィレースを気にすることをやめて、わたしも率直な感想をそっと口にした。

「それって不幸ね。間違えた自分のままでいることってすごくつらいことなのに」

でも、と思い出していた。わたしにコンソメをぶっかけたエクレーヌさん。

あのとき、彼女の様子はどうだっただろうか。わたしも平静ではなかったから、まっとうに観察できたとはいえない。頑なに拒絶された、としか思ってなかったけれど、あれからエクレーヌさんがわたしを気にかけていたと教えられたから、どうしてだろう、と思う。

彼女が生きる世界では、祖母はエクレーヌさんやシャルマンを侮辱した存在で、わたしはそんな祖母の孫なのだ。そんな存在を気にかける理由はないと結論づけてもおかしくないのに。

やがて、わたしたちはエクレーヌさんが幽閉されている部屋の前にたどり着いた。警備兵たちが敬礼して、扉を開ける。ウィレースがひとつ、深呼吸した。

あの日と同じように、エクレーヌさんはソファに腰かけていた。ぞろぞろと入室していくわたしたちを迎えるように、優雅な仕草で立ち上がる。落ち着いた物腰でこちらを見返して、シャルマンに気づいた。けれど、そのままスッと視線をそらし、わたしに目を止めた。

スミレ色の瞳が、翳りを帯びたように感じられた。そうして桜色の唇が動く。

「あれから毎日、食事を用意してくれてありがとう」

思いがけない言葉だった。わたしは目を瞬いてしまったし、視界の隅でウィレースが目を丸くする様が見えた。エクレーヌさんはまぶたを伏せる。「けれど」と涼やかに落ち着いた声が言う。

「わたくしはもう食事をするつもりはありません。このまま無為に消える。それが望みです」

「エクレーヌ！」

恵比寿さまが教えてくれた。この世界の住人には、二種類の終わりがある。世界の一部となって消えていく終わりと、世界の一部になることなく霧散する終わり。自分の生が無意味になることを怖れるから、多くの人は食事を摂って世界の一部となって消える終わりを望む。

でもエクレーヌさんは、その多くの人が忌避する終わりを望むと言う。

「どうしてですか」

たぶんその場にいる人間の多くが言おうとした言葉を、わたしは率先して口にした。

エクレーヌさんが小さく笑う。わたしは息を呑む。それはとても上品な微笑みだったけれど、同時にどこか、エクレーヌさんが抱えてる歪みが形になったような笑いに感じられたんだ。

「わたくしは間違えていない」

そうしてまっすぐにわたしを見据えて、エクレーヌさんは言い切った。

つよい眼差しだった。彼女の中に渦巻く感情が力を与えてるような、そんな眼差しだった。

「みながどんなにわたしを責め立てようとも、わたくしは自分の判断に悔いなどない。あの瞬間をやり直す機会に恵まれたとしても、わたくしは再びあの娘を呪う。必ず。そんなわたくしを間違えていると、みなが、世界中のみなが口をそろえてわたくしを拒絶するのならば、わたくしもこの世界を拒絶する。決して、この世界の一部になど、なってたまるものか」

ああ、と、わたしは理解した。

この言葉こそが、呪いだ。シャルマンを苦しめ続けている呪いの《核》と言い換えてもいい。

エクレーヌさんには、シャルマンの呪いに力を与えている、という自覚はないのかもしれない。もう、そんな意識なんてなくて、ただ、自分を拒絶するすべてを彼女は呪っているだけだ。

けれどそのありさまが《呪い》を維持させているんだ、と、わたしの直感はささやいている。

エドガーさんを見た。厳しい眼差しでエクレーヌさんを見ていたエドガーさんは、わたしの視線に気づいて、うなずいてみせた。両手を握りしめて、わたしはエクレーヌさんを見つめる。

どうしよう、と考えた。突破口が見当たらない。

傲慢だった自分を気づかされる。わたしを気にかけてくれてるんだから、エクレーヌさんと会話したら、なんとか状況を変えられるんじゃないかと期待していた自分に気づく。

「エクレーヌ」

そのとき、シャルマンの声が響いた。緊張している空気とは対照的に、とてもやわらかな声。

ぴくりとエクレーヌさんが反応する。それでも静かなスミレ色の眼差しが向かう先にいるシャルマンは、その声音のまま、ものやわらかく微笑んでいる。

どうしてだろう、と考えた。どうしてシャルマンは笑っているんだろう。

「わたしのために料理を作ってくれないか。おまえが考える最善をわたしのために尽くしてくれ」

「……わたくしに、料理人《クック》の真似をしろとおっしゃるの」

エクレーヌさんの声は掠れていた。侮辱だと感じたのだろうか。でもシャルマンは動じない。

「わたしはじきに、この世界から消える」

揺らがない微笑みをたたえて、シャルマンは衝撃的な言葉を言う。

「《魔法使い》がわたしを留めてくれているが、次期《セクンドゥム》が放った《呪い》はそれほど強い。いまの状態は長くは保たないだろう。わたしは再び、この世界を離れる。その手向けに、おまえの料理をねだってはいけないか」

突破口だ、と気づいた。

シャルマンはなんとかエクレーヌさんの頑なな姿勢を崩そうとしているんだ。シャルマンだからこそ可能なやり方で、事態を切り開こうとしている。わたしは唇を引き結んだ。

余計な言葉を言ってはいけない、と考えたんだ。シャルマンを援護したい気持ちはあったけれど、この、ギリギリの状況では、余計な言葉が逆効果になりかねない。

長い長い沈黙の果てに、エクレーヌさんは口を開いた。

「わかりました。あなたのためならば」

了承を受けて、シャルマンは嬉しそうに笑った。その笑顔から、エクレーヌさんは視線を逸らす。そうしてシャルマンはそのまま視線を流して、わたしを見た。「エマの血統」と呼ばれた。

「エクレーヌに料理を教えてやってくれ。頼む」

わたしも笑った。エクレーヌさんの視線を感じ取りながら、全力で笑って了解したんだ。

「わかった。まかせて！」

＊

シャルマンのために、エクレーヌさんに料理を教える。

そう決めたときに、いろいろな料理が頭によぎった。シャルマンが好きそうな料理はなんだろうとも考えた。二度、シャルマンをもてなしただけだからわからない、と、考えかけたとき。

ウィレースがさっそく厨房に召使いを差し向けて、料理の準備をさせている間にも、座ったまま、なにかを考え込んでるエクレーヌさんが目に入って、気づいたんだ。

作る料理は、わたしが決めていいものじゃないって。

シャルマンが、エクレーヌさんに求めている料理。最善の料理。それはエクレーヌさんしかわからないものなんだ、と気づいたから、わたしはそっとエクレーヌさんに話しかけた。

「なにをお作りになりますか」

そう言うと、そろりとエクレーヌさんはスミレ色の瞳をわたしに向けた。ちょっと、途方に暮れているようにも見える眼差しに感じられたから、安心させたくてニコッと笑う。そうしたらエクレーヌさんはためらいがちに、素朴な口調で訥々と言う。

「……サイカチーネのスープ、ニアーエのグラタン、白身魚のカーライル蒸し……」

（え）

聞き覚えのない単語に、わたしが思わず硬直している間にも、エクレーヌさんの言葉は続く。

「デリシャの果汁を使った牛肉の煮込み、ガーデンハーブパン、ベリーヒャラシト」

（そうだった、ここ、異世界だった――！）

うっかり失念していた自分に、舌打ちしそうになる。バカなの、わたし。なにがまかせてよ、これまでに扱ったことのない食材があるって可能性、すっかり忘れてた。

ダラダラと心の汗をかきながら硬直していると、シャルマンがふっと嬉しそうに笑う。

「いいな。どれもわたしの好物だ」

そう言われて、エクレーヌさんはうつむく。さらさらと流れる髪がその表情を隠したけれど、はにかんだ気配を感じ取ることができて、わたしは我に返った。同時に、案じるようなオリヴァーの視線に気づいてしまって、見通されている事実にわたしは恥ずかしくなった。

よし。こうなったらしかたない。正直に言おう。

「エクレーヌさんっ！」

勢いよく呼びかければ、さすがに驚いたのだろう。顔をあげて、いくらかきょとんとしたような眼差しがわたしを見た。「わたし、これまでにそれらの食材を扱ったことはありませんっ」と勢いよく言ってしまえば、唖然とした表情に変わる。そうだよね、呆れるよね。同種の気配をシャルマンたちからも感じ取りながら、あえて神経を太くしながらわたしは言葉を続けた。

「でも、がんばります。全力を尽くします。一緒に頑張りましょう！」

両手を握ってそう言い切れば、エドガーさんが吹き出した。

明るい笑い声が響くなか、シャルマンは苦笑して「エマの血統はこの世界の住人ではないからな」と言葉を添えた。そんな事実にいまさら気づいたかのように、ウィレースとエクレーヌさんは顔を合わせる。オリヴァーはため息をついて、「協力するよ」と言った。

「エマのレシピにも登場していた食材だ。どう扱うか、知りたいだろ？」

そりゃ心強い。でもわたしは、祖母の名前が出たとたん、わずかに顔をこわばらせたエクレーヌさんの表情の変化が気になって、とっさに「大丈夫！」と言い返していた。

心当たりはあるんだ。恵比寿さまは忙しい人だから、協力を仰ぐには心苦しいけれど。

うん、そう。恵比寿さまを全力で頼ろうと思います。

やがて厨房から準備が整ったという返事が来たから、わたしとエクレーヌさんは厨房に移動することになり、シャルマンたちはこの屋敷の客室に案内されてた。

さすがにわたしたちのこのありさまでは、今日中に料理を提供するのは無理だから、シャルマンとエドガーさん、それからオリヴァーはしばらく屋敷に滞在することになった。

案内された厨房はいつもの厨房ではなく、お客さまをもてなす部屋に付属している厨房だった。いつもの厨房のほうが設備は整っているんだけど、屋敷の人たちに提供する料理を用意する必要があるからね、料理人のみんなの邪魔にならない、使ってない厨房を準備したみたい。

そこでは恵比寿さまが待っていてくれた。

厨房に入ってきたわたしとエクレーヌさんを見て、ニコッといつもの笑顔を浮かべる。その笑顔に安心しながら、わたしは頭を下げて、このたび自分たちの料理に巻き込んだことを詫びた。

「大丈夫ですよ。屋敷の料理人もだいぶ育ちましたから、厨房をまかせても問題ないでしょう」

その言葉はまちがいなくわたしたちへの気遣いだとわかっていたから、その気持ちがありがたくて、わたしは感謝の言葉を返した。

そうして扉の近くで立ち尽くしているエクレーヌさんを振り返って「エクレーヌさんも！」と促す。そう言ったら、むしろエクレーヌさんは戸惑ったようだった。なにを求められてるのか、わからないと言わんばかりの様子に、わたしは具体的な内容に言い換えた。

「お礼ですよ。恵比寿さまは忙しいのに、わたしたちのために来てくださったんですから」

ようやく理解した様子を見せたけれど、エクレーヌさんは眉を寄せて言う。

「どうしてお礼を言わなければならないのかしら。それが料理人《クック》の仕事でしょう？」

高慢といえば高慢な言葉に、わたしは気づかされた。そうだった、この人、この屋敷の主人に近い存在だった。いわば恵比寿さまの雇用主側の人。だから奉仕を当たり前だと思ってるんだ。

異世界の雇用関係に口出ししちゃいけない。わかっていたけれど、わたしはモヤッとした。だから口に出そうとしたんだけど、その前に恵比寿さまが「いいんですよ」と告げた。思わず見返した恵比寿さまは笑顔のままで「エクレーヌさまはそれでいいんですよ」と続ける。

ヒヤリとした。

笑顔だけど。いつもと変わらないような笑顔だけど、エクレーヌさんの行動を受け入れてるような言葉だけど、ちがう、とわたしは感じたんだ。

いま、明確に、恵比寿さまはエクレーヌさんから距離を置いた。

思わず見やれば、エクレーヌさんは恵比寿さまのそんな気持ちに気づいていない様子だった。ただ、生まれて初めて立ち入るのだろう厨房の設備を興味深く眺めている。

だめだ、と感じた。

エクレーヌさんには、きっと通じない。

でもこれ以上、どうしたらいいのか、わからなくて。半端に持て余した気持ちのまま、恵比寿さまに、先ほどエクレーヌさんが告げた料理名を伝えた。ふむ、と考え込んだ恵比寿さまは口の中でつぶやくように素材名を繰り返して、言った。

「デリシャは問題ありませんな。カーライルも。ニアーエはギリギリです。ただ、サイカチーネの季節は終わっています。いまの時期には用意できる農家もないでしょう」

わたしは素直に聞いたけれど、エクレーヌさんは細い眉をしかめて、言った。

「なんとかできないかしら。シャルマンが好んでいる料理だから、ぜひ、用意したいのです」

「塩漬けしたものがありますが、スープに向いているとは思えません」

「な、」

たぶんエクレーヌさんは「なんですって」とかなんとか、言おうとしたんだと思う。だからその前にわたしはあわてて口を挟んだ。

「それならしかたありませんね。他の素材を使わなくちゃ」

わたしも言葉を添えたことが面白くなかったのだろう。スミレ色の瞳が、わたしを見つめる。不快そうに見つめてくるその眼差しを、わたしも真っ直ぐ見返して、口を開いた。

「食材にはそれぞれ、美味しい時期があるんです。その美味しい時期に塩漬け保存した食材を使っても、充分に美味しい料理はできます。でも最高の味に仕上がらないかもしれません。だから料理人さんは反対してるんです。この場は料理の達人であるこの人に従うべきです。料理初心者のわたしたちは下手な冒険を避けたほうがいいと思います」

「……料理初心者だというの、エマの血統。あなたが?」

どこか驚いたように、エクレーヌさんは言う。わたしは苦笑した。

たしかに、これまでエクレーヌさんに料理を提供し続けてきたわたしが、初心者、と自称するなんて図々しかったかもしれない。エクレーヌさんを怒らせる発言だったかもしれない。

ただ、率直な感覚だ。

わたしはたしかに、日本で料理人として経験を積んでいたけれど、この世界で生産される食材の扱いかたを知らないのだ。わたしたちの世界もこの世界も、調理道具は一緒。その道具を扱うことには慣れてる。でもそれだけで、料理人なんて言っちゃいけないんだ、と思ってる。

わたしの反応を見て、エクレーヌさんは何事かを考え込み始めたようだ。それ以上咎められることはなかったから、恵比寿さまに向き直った。恵比寿さまは微笑みを浮かべたままだ。

「サイカチーネの代わりに、スープに使える素材はありますか。教えてください」

「いっそコンソメにしますか。トウコが初日に作った」

恵比寿さまがそう言い出した意図がわからなくて、わたしは目を瞬いた。でもエクレーヌさんのためにも反論はしなくちゃ、と考えたから、首を横に振って言い返す。

「いや、あれはちょっと時間がかかりますから」

「大丈夫。料理初心者のトウコでも作れた料理ですよ」

「なら、それに変えましょう」

わたしと恵比寿さまが言葉を交わしていると、エクレーヌさんがあっさりと言葉をはさむ。いや、たしかにあの料理は、世界が異なってもレシピは共通しているから作れたけれど、でも初心者向けと言えるかどうか。それともこの世界ではもっと簡単に作る方法があるんだろうか。

わたしが困惑している間にも、エクレーヌさんと恵比寿さまの会話は進む。そうしてメニューがほぼエクレーヌさんの希望通りに決まり、シャルマンへの料理を作る手順も決まった。

でもその前に、恵比寿さまの指導によって、料理講習が始まった。《完璧たる種族》の特徴とその調理方法の学習、それから数々の調理道具の使い方に関する実習が始まった。

察してはいたけれど、エクレーヌさんはこれまで包丁を握ったことがない。だから包丁の持ちかただって、とても見ていられないものだった。細くて綺麗な指を切り落としそうになったときもあって、わたしはとってもあわてた。例によって、恵比寿さまは笑ってばかりだったけど。

火を扱う料理のときは、意外にも、エクレーヌさんは飲み込みが早かった。

肉のソテーを練習に作ったけれど、少し焦がしただけだった。いきなり強火で攻めたからなあ、エクレーヌさん。あわててフォローしたけど、その時にした説明を聞くときも、出来上がったソテーの中側が焼けてないところを確認するときも、エクレーヌさんは悔しそうだった。

練習用に作ったオニオンスープ、牛肉のソテー、野菜サラダが食べられる段階を迎えたときには、エクレーヌさんは落ち込んでいるようだった。ギュッと唇を噛んで、うつむいてた。出来上がった料理も、やっぱりエクレーヌさんは食べようとしないから、わたしが代わりに食べる。

味はね、美味しかったよ。一般家庭の食事にも出せる、なかなか立派な仕上がり。

でもてなし料理になるかといえば、キッパリちがうと言える出来だ。そりゃ練習用に作った料理だからね。エクレーヌさんがこれまで用意されてきただろう料理とこの料理を比較したら、やっぱり出来は違う。だから悔しいのだろう、と思いながらわたしは料理を口に運んだ。

「よく食べられますわね。あなたの作った料理とは雲泥の差がありますでしょう」

ちょうど肉の塊を口に入れたときだったから、あわてて咀嚼して、飲み込んで言った。

「美味しいですよ、充分」

「うそ。あなたの作る料理のほうがずっと、美しかったですわ」

食べてないのに評価してくれてたんだ。ちょっと嬉しい気持ちになりながら、「でも」とわたしは傍に立つエクレーヌさんを見あげた。まるで給仕のようにそばに控えてるエクレーヌさんにちょっと心苦しい気持ちにもなっていたけど、それは表に出さないようにしながら言い返した。

「普通の家庭に出る料理って、こんな感じです。……祖母がシャルマンに提供してた料理も」

ぴくりとエクレーヌさんの眉が反応する。わたしは笑った。

「エドガーさんに、《魔法使い》に、過去を見せてもらったんです。ちょうどシャルマンと祖母が会っていたころを。その時に見えた祖母の料理は、素朴な盛り付けの家庭料理ばかりだったんです。わたしが教えてもらった料理も同じ。もちろん祖母はいろいろな料理を学んでいたから、エクレーヌさんがふだん食べるような料理も作っていました。レストランでも出していたと思います。でも少なくとも、シャルマンが喜んで食べていた料理は、こんな感じでしたよ」

「……シャルマンは、わたくしに嘘をついていたのかしら」

意外な言葉が返ってきたから、わたしは目を瞬いた。エクレーヌさんはうつむく。

「わたくしが知る、シャルマンの好物は、これとは似ても似つかない料理です。もっと、もっと洗練されていて、美しくて。でもあなたが見たシャルマンは、こんな料理を好んでいたようだという。どちらが、シャルマンの味覚に合うの。あの人にとって美味しいと感じる料理は、なに」

幼いんだな、この人。唐突に気づいた。

少なくとも、生きてきた歳月はわたしよりもずっと多いはずだ。五十年という歳月を、幽閉されて過ごしていたんだもの。五十年以上の歳月を生きてきた人のはずなんだけど、わたし以上に生きてるはずなんだけど、でもこの人は外見通り、わたしより幼いところがある人なんだ。

そう気づいたとき、わたしの中から、とても温かな感情がわきあがってきた。

「好きって感情は、ひとつに絞りきれないものだと思いますよ」

だからなのか、そろそろと気をつけながら紡いだ言葉は、思った以上に優しい響きになった。

「たとえば、わたしは、春が、今の季節が好きです。長い冬の時期が終わりを告げて、すべてがイキイキと活動を始める時期だから、ワクワクするんです。だからと言って、他の季節が嫌いというわけじゃない。鮮烈な夏も好きだし、実りの秋も好き。静かな冬も好き。いろんな違いがあって、その違いが好き。料理もそうです。かしこまって食べる料理も、ざっくばらんにくつろぎながら食べる料理も、それぞれの魅力がある。どちらかが好き、ではなく、どちらも好き。少なくとも、わたしはそうです」

「シャルマンも？」

「わたしはシャルマンではないから、断言はできません。でも少なくとも、シャルマンは、そんなにたくさん嘘をつく人ではないように感じます。もちろん必要なら嘘をつくことも選べる人でしょうが、さっき、言ってたじゃないですか。エクレーヌさんが言った食べ物を、どれも自分の好物だと。あの言葉の響きから、嘘は感じられなかった、と、わたしは思いますよ」

「わたくしは、」

エクレーヌさんは、強い響きでそう言った。なにかを言いかけて、ハッと口をつぐむ。

わたしはそのまま、言葉の続きを待っていたんだけど、どうしたのか、エクレーヌさんはなにも言わない。そうして黙り込んで、なにかを考え込んでいる。その表情はなんとなく不安定で、危ういものだった。切実で、思いつめているようにも感じられる。どこか、とても必死で。

こういうとき、わたしなら甘いおやつを食べるんだけどなあ。

でもエクレーヌさんは食事を拒絶している人だから、その手段は使えない。せめて、と考えて、お茶を淹れた。エクレーヌさんはお茶なら飲むって聞いてたんだ。このくらいの温かさをそばに置いてもいいよね。異世界でもお茶の淹れかたは同じだから、その点はありがたい。

たっぷりのお茶に、たっぷりのはちみつも入れて、そっとエクレーヌさんに差し出してみる。少しの間をおいて、エクレーヌさんはわたしの淹れた紅茶に気づいて、

「ありがとう」と言う。

そのままティーカップを口に運んで、エクレーヌさんはスミレ色の瞳を丸くする。

「……甘いわ」

「はちみつを入れましたから。だめでしたか？」

「いいえ。大丈夫よ」

そう言ったエクレーヌさんは、優美に片手で持ってたティーカップを両手に持ち替えた。紅茶を見つめて、そうしてささやくような声で言ったんだ。

「わたくし、シャルマンが好きなの」

わたしもはちみつ入りの紅茶を飲んでいたんだけど、ティーカップからそっと唇を離した。

言われた言葉に、驚きはない。あの過去を見たときから、エクレーヌさんがシャルマンに訴える場面、祖母を呪う場面を見たときから、うっすらと予想がついていたから。

だから黙っているわたしを、どこか挑むようにエクレーヌさんは見つめる。

「こう言ったら、あなたの祖母は、エマは青ざめてたけど、あなたは違うみたい。なぜ？」

わたしは苦笑を浮かべた。そんなの、あたりまえだ。

「わたしが好きな人は、シャルマンではありませんから」

すると、ひどく驚いたようにエクレーヌさんは目を見開く。

そこまで驚かれた事実が、逆に驚きだ。わたしは首を傾げた。桜色の唇が震えて、動く。

「あなたはエマの血統で、《完璧たる種族》でしょう」

それは理由にならない。そう思いかけて、恵比寿さまに教わったこの世界の常識を思い出す。

《完璧たる種族》――世界になることを許され、血によって存在をつないでいく一族。

その常識が示す本当の意味は、その種族に対してこの世界の人が抱く想いは、わたしは芯から理解しきってないのだけど、いまの言葉がエクレーヌさんの驚きを示した言葉だとはわかった。

「わたしと祖母は、確かに血のつながりがありますけれど、心はちがいますよ。だから好きになる人も、ちがう人です。それにそもそも、祖母は最終的にちがう人、祖父を選びましたからね」

「じゃあ、あなたの好きな人は、どなた？」

そこまで確認しないと、この人は気が済まないのか。

再び苦笑したわたしは、唐突に、オリヴァーを思い出した。

そんな事実に動揺する。ちがう。わたしはオリヴァーに対して、感謝と親愛の感情を抱いているけど、この感情はぜったいに恋愛感情じゃない。わたしが覚えてるその感情は、もっと強くて、どうしようもないくらい振り回してくる、手に負えない感情だもの。これは、ちがう。

息を吐いた。その間もずっと、エクレーヌさんはわたしの言葉を待ってる。

だから、もう思い出さなくなった先輩を思い出しながら、口を開いた。

「エクレーヌさんの知らない、遠い国の人ですよ。でもわたし、振られてますから。その人は、わたしではない人を選んで、結婚もしたんです。だから、ちょっと今は、わからないですね」

「そうなの」

そう言ったエクレーヌさんは、なぜだか「ふふっ」と笑った。急に大人っぽく、婀娜っぽいようにも感じられる微笑を浮かべたエクレーヌさんは、「そういうことにしておいてあげるわ」と言ってから、紅茶を飲み干し、立ち上がった。もう、その姿から不安定さは消え去っている。

「料理の練習を、続けましょう」

そう言って、エクレーヌさんは微笑んだ。

*

わたしにも覚えがある感覚なんだけど、料理って体力を使うんだよね。

だから夜遅くまで続いた料理の練習を終えるころ、エクレーヌさんはフラフラしてた。それまでにね、幽閉された部屋と散歩が許された中庭との移動にしか、体力使ってなかったんだもの。

そりゃ、立ちっぱなしで切ったり炒めたり煮込んだり、なんて作業をしてたら、疲れるよ。

それでも意地なのか矜持なのかわからないけど、部屋に戻っていくエクレーヌさんは自分の足で歩いていた。そんな彼女を、警備兵の人が心配そうに見守っていた姿が、印象的だったな。

わたしは使っていた厨房の後始末を済ませた。

恵比寿さまにチェックしてもらって、オッケーをいただいてから、与えられた客室に戻る。

　この屋敷の廊下には、大きな窓がはめ込まれてるんだ。窓の外には、深海の景色が広がってる。時折、通り過ぎる深海魚を眺めながら、客室に着いたときだ。別室の、扉が開く音がした。

「トウコ」

　オリヴァーだった。まだ起きてたんだ、と驚いていると、いつもの笑顔を浮かべて、わたしに近づいてくる。ちょっと動揺した。エクレーヌさんと好きな人の話になったとき、オリヴァーを思い出してしまったから。そんな自分に驚いてしまったから、ちょっと尾を引いたんだと思う。

「おつかれ。成果はどうだった？」

　オリヴァーはそんなわたしに気づいた様子もなく、いつもの調子で労ってくれる。わたしの願い通りだ。だからわたしも、笑顔を浮かべて、これまでの成果を話し始めることができたんだ。

「まあまあ。エクレーヌさん、筋がいいのよ。食材を同じ大きさで切れるようになってきた。それにね、口に入るなら、大きさなんてどうでもいいでしょう、なんて言わないあたり、頭のいい人だなあと感心したよ。普段からいいものを食べてたからか、いろいろわかってる人なんだ」

ちなみに、この言葉は学生時代に同級生が言っていたセリフ。先生に咎められて、うっかりぼやいたんだよね。そうしたら、食材の大きさがもたらす調理への影響を熱く語られて、ゲンナリしていた。や、その子は調理師希望ではなく、レストランのオーナー希望だったから、ゲンナリする気持ちはわかるんだけど、でも調理師としてはわかっていてほしいよね、と感じた一幕だ。

「それは頼もしい。じゃあ、明日明後日のうちに、シャルマンは彼女の料理を口にできるかな」

「うーん。それはどうだろう。エクレーヌさんが作ろうとしている料理、なかなか時間がかかるんだよね。まあ、基本的なところは、恵比寿さまと一緒に教えたけど、理解と実践は別だし」

わたしの答えに、オリヴァーはちょっと表情をしかめた。

なにか問題があるんだろうか。思わず問いただしたわたしに、オリヴァーは話してくれた。

シャルマンの呪いが、発動しかけていること。実はすでに一度、この屋敷を訪れる前、シャルマンの姿が消えかけてたらしい。つまり、この世界からどこかに移動しそうになってるんだけど、エドガーさんが《力》を使って抑え込んでるのだ、という事実を教えてもらった。

　そして、その拮抗はいつまで続くか、エドガーさんでも保証はできない、という事実も。

　考えていた以上に切迫した状況に、わたしは息を呑んだ。

　前髪をくしゃくしゃにして、あれこれ考えた。いまのエクレーヌさんに、彼女が望む料理を作ることができるか。基本を教えた。でも練習が足りない。けど間に合わないなら意味がない。

　答えは、やってみるしかない、という結論だ。

　ため息をついて、わたしは割り切った。本当はもっと、料理の楽しさも理解できるようにじっくり教えたかったけど、こんな状況なんだ。しかたがないよね。

「明日、恵比寿さまと一緒に、用意する料理を教えることにする。教えてくれてありがとう」

「どういたしまして。……エマのレシピは使わない？」

　そう言い出してきたオリヴァーをちょっと意外に感じて、わたしはまじまじと彼を見上げた。

すると彼は思いのほか、真面目な表情を浮かべて、わたしを見下ろしていた。

だから、ちょっと考えた。シャルマンのために、エクレーヌさんが料理を用意する。そのとき、祖母のレシピを使用してもいいものだろうかって。答えは明確に出た。

ノーだ。

なぜなら、エクレーヌさんを必要以上に刺激しないほうがいいと感じるからだ。

「……エクレーヌさんね、わたしが思っていた以上に、祖母を意識しているの。競争心というか、ライバル心というか。だから、使わないほうがいいんじゃないかな」

「僕の意見は逆だな。だったらなおさら、エマのレシピを使ったほうがいい。ただし、シャルマンにもてなすためではなく、エクレーヌ嬢を奮起させるためにね」

よくわからなくて、ぱちぱちと目を瞬かせてるわたしから、オリヴァーは目を逸らした。

「いろいろ言っていたけれど、エクレーヌ嬢の望みはシャルマンだろう？」

あ、オリヴァーも気づいてたんだ。まあ、あの人の想いはとてもわかりやすいよね、と考えながら肯定する。「だったら」とためらいがちに、オリヴァーは続ける。

「かつてシャルマンが食べてたエマの料理より、自分の料理こそ美味しいと思ってもらいたい、選んでもらいたい、とエクレーヌ嬢は考えているはずなんだ。恋愛感情はそういうものだからね。料理初心者に叶えられる願いではないんだけど、傲慢な権力者は、自分の力量を度外視する傾向がある。上品ではあるけれど謙虚さとは縁がなさそうな彼女もきっとそうだろう。だとしたら、いまのままじゃ、足りない。シャルマンがお世辞を挟まず、エクレーヌ嬢が作った料理を美味しいと言ったとしても、エクレーヌ嬢の感情は満足しない。エクレーヌ嬢は、シャルマンに、自分を選んでもらいたがってるんだ。だからこそ、エマの料理ではなく自分の料理をシャルマンが選んだ、という明確な形がね、呪いを解くために必要なんじゃないか、と、僕は考えたんだ」

オリヴァーの言葉を聞きながら、わたしはだんだんとうつむいていった。

彼の言葉には説得力があった。でもオリヴァーが告げた提案は、祖母の料理を利用して、エクレーヌさんの料理を鍛え上げろ、という意味なのだ。心理的な抵抗が先に来たし、実際に可能なのか、という深刻な疑問も芽生えた。凡才のわたしと料理初心者であるエクレーヌさんとで、あの祖母が作った以上に美味しい料理を作る？　無理だ、と率直に感じた。

けれど、繰り返しになるけれど、オリヴァーの言葉には説得力があったんだ。

わたしは息を吐いた。なんとかなる、という見込みが、無残に打ち壊された気がした。代わりに、絶望的なほど高い目標を提示された気がする。さっき、オリヴァーが教えてくれた事実を併せて思い出せば、ゆっくりと練習していられるほどの期間もないというのに。

「おばあちゃんのレシピ、用意できてる？」

「もちろん。書いておいたよ」

だからオリヴァーはわたしを待っていたんだなあ、と、ようやく気づきながら、受け取った紙の束に目を通した。サイカチーネ、ニアーエ、カーライル、デリシャ。エクレーヌさんが告げた食材を使ったレシピがいくつも書かれている。わたしが注目した部分は、その食材の下拵えについて書かれた箇所だ。各食材の特徴が書かれていて、祖母が加えた工夫も書かれている。

スマホのデジタルデータからこれらのレシピを書き出す作業はなかなか大変だっただろうなあと気づいてしまえば、再びため息が出た。やってくれたんだ、という気持ちとやりやがったな、という気持ち。さて、どちらの気持ちが強いんだろう。そう思いながらも、お礼は言った。

オリヴァーは苦笑している。

「大変だと思うけど、頑張って」

「うん。本当に大変になった。でも、やるしかないよね」

　正直に言えば、いますぐ厨房に引き返して、祖母のレシピをさっそく試したいくらいだ。徹夜で料理したいとまで考えてしまう。焦り始めている。でもわかってる。そういう無茶は続かない。判断力も低下してしまう。だから、わたしは静かに呼吸を繰り返して、意識をなだめた。

「ところでトウコ、覚えてる？」

「なにを？」

「きみがイギリスに来てから、今日で何日経過したか」

　告げられた言葉に、わたしは硬直して、サーッと血の気が引いていく心地になった。

　あわてて頭の中で日数を数える。ひい、ふう、みい。……まだ間に合う。

　でも二重の意味で、ゆっくり構えていられないと改めて認識した。飛行機のチケットは往復で購入してる。だから復路の、イギリスから日本に戻るチケットは購入済みなのだ。いちおう正規航空券だから搭乗便の変更は可能なはず。でも差額が発生する可能性がある。そのほかに発生する、もろもろの面倒を考えたら、やっぱり初めの予定通りに帰国したい。

　くっくっとオリヴァーは笑っている。思わず恨みがましい視線で見上げた。

「他人事だからといって、笑い過ぎだと思います」

「ごめんごめん。焦りに拍車をかけてしまったかな。でもそんなにあわてるほどでもないと思って。きっと、きみならエマの願いを叶えられる。シャルマンの呪いを解くことができるよ」

「わたしはただの料理人ですよ。それも祖母には敵いません」

「そうかな？」

オリヴァーはそう言って、じっとわたしを見つめる。真摯な青い瞳が、わたしを射抜く。そうして表情を引き締めてると、オリヴァーの容貌の素晴らしさが引き立ってしまうから、心臓に悪い。とくとくと鼓動が速くなったように感じられて、なんだかわたしは落ち着かない。

そんな自分を持て余したとき、オリヴァーは言った。

「トウコはエマを超えられないんじゃない。超えたくないんじゃないかい？」

そう言われた言葉に、わたしの感情はすんっと落ち着いてしまった。口を開いて言い返した。

「なにを馬鹿なことを言ってるんです？　わたしは冷静に自分の力量を評価してます」

「それだ。自分の力量を評価するときに、冷静でいる必要はどこにあるんだい。僕には努力の量をセーブする言い訳にしか聞こえないよ。だからトウコって傲慢だな、と思ってる」

「さすがに、それは言い過ぎじゃないですか」

むっとした感情のまま言葉を返せば、オリヴァーは腹立たしいほど晴れやかに笑った。

「ぜんぜん、言い過ぎじゃないよ。むしろ、いまの反応を見て、もっと厳しい言葉を選ぶべきかな、と考えてる。たとえば、いまのきみを見たらまちがいなく天国にいるエマは失望しているだろうね、とか。これ以上、聞く気はあるかい」

祖母がわたしに失望している。

それは、思いがけない言葉で、だからこそ、わたしは傲慢なんだ、と気づかされた。

だって祖母がわたしに失望するなんて、思いもしなかったもの。思いつきもしなかったもの。それってつまり、自分を公平に省みることができてないってことじゃない。

だからわたしは、オリヴァーの問いかけに反応もできずに呆然と立ち尽くしていた。

しばらくして、オリヴァーが動いた。

右手をわたしの後頭部に置き、ぎこちない動きでわたしの頭を自分に引き寄せたのだ。額が、オリヴァーの胸に触れる。「ごめん、言いすぎた」——その言葉を聞いたとき、わたしは笑った。涙を流してなかったはずなんだけど、オリヴァーには、泣きそうに見えたのかもしれない。

「……まったくですよ。ずかずか言い過ぎです」

「まあ、僕には夢があるから。エマ以上の料理人を雇って、『アヴァロン』から世界の人々に、イギリス料理も美味しいと言わせてみせる、という夢がね。そのために踏み込ませてもらったよ」

「他の料理人を選んでください」

「あいにく、僕はトウコがいいんだ。——きみはエマ以上の料理人になれる人だからね」

そこで祖母の名前を出すのか。まったく、オリヴァーの口説き能力もたかが知れてる。

わたしは両手でオリヴァーの身体を押した。すんなりと離れた身体に、ちょっとした肌寒さを覚えながらも、に、と笑って見上げれば、オリヴァーからは苦笑が返ってくる。

「オリヴァーの考えてることはわかりました。とりあえずエクレーヌさんとがんばってきます」

「うん。がんばって。いつまでたっても、『アヴァロン』で営業できないなんてごめんだから」

「いっそミステリーレストランにしたらどうです？　人も人外も訪れられるレストラン。そういうの、好きでしょう、イギリスの人。あちこちにミステリースポットがあるって知ってますよ」

エドガーさんが言ったアイディアを口にしたら、オリヴァーはわざとらしくゲンナリした。

わたしは笑って、与えられた客室に向かう。「トウコ」と呼ばれた。振り返れば、もう完全にいつもの笑顔を浮かべているオリヴァーがいて、「おやすみ。良い夢を」と言ってくれた。

「おやすみなさい。良い夢を」

ちょっと照れながらそう返して、わたしは客室の扉をそっと閉めた。

第六章・異世界にて本音に気づき、そして。

夢を見ている。その自覚が、あった。

なぜならいま、目の前に立っている人は、すでにこの世にはいない人だからだ。こちらに背中を向けて、料理に没頭している。色が抜けて白くなってしまった髪を結い上げて、年をとってもピンと伸びた背筋は老いを寄せ付けないような厳しさをたたえている。

でも、老いはちゃんと、この人を蝕んでいたのだ。

あの冬の日。凍えてしまうほど寒い夜に受け取った知らせを、わたしは忘れられない。

イギリスで暮らしていた祖母が亡くなっている、という電話をスコットランドヤードから知らされたとき、祖母が病気を患っていたこと、それもとても深刻な状態であったことを初めて知らされて、わたしはとても大きな衝撃を受けた。

どれだけ、わたしは自分を責めただろう。

どれだけ、わたしは判断を悔いただろう。

卒業したら祖母の元に行く、そう決めていた。でもそんなの、遅かったんだ。祖母は全然大丈夫じゃなかった。あのとき、両親が亡くなった時にイギリスに行けばよかったんだ。

そうしたらひとりで、ひとりぽっちのまま逝かせることはなかったのに。

（おばあちゃん）

心の中で、そっと呼びかけていた。聞こえるはずがない。

それなのに、目の前にいる人は料理を止め、ふっと振り返ったのだ。

そして、笑う。

完全にこちらを向いて、かすかに首を傾げた。

（ああ、おばあちゃんだ）

祖母と一緒にいられた時間は少ない。幼いころ、両親がまだ生きてたころに祖母が訪日してくれたときがすべて。あとは電話でのやりとりが中心だった。日本の祖父母に遠慮しながら、それでも毎週電話をかけると、祖母は英語をうまく聞き取れないわたしに、ちゃんと理解できるようにゆっくりと話しかけてくれてた。わたしのおぼつかない英語も、最後までちゃんと聞いてくれていた。

　でもこのとき、わたしは口を開くことができなかった。言いたいこと、問いかけたいことは山のようにある。それなのに、想いはぐるぐる回るばかり。

（ねえ）

苦しくなかった？　寂しくなかった？　心細くなかった？

わたしを、――恨んでない？

そのいずれも、言葉にならなかった。

こうして向かい合っていると、祖母が穏やかであることがわかる。わたしの想いは伝わっていて、祖母の想いも確かにわたしに伝わってきたのだ。

わたしも、笑う。

笑いながら、泣いていた。

穏やかに笑っている人と、わたしはもう会うことができない。夢の中で会うことはできた。でもこれはしょせん、夢なのだ。わたしの意識が作り出した、眠りの狭間にある、ただの幻。

すぐに消える泡沫《うたかた》だ。おばあちゃん自身じゃない。

否定しながら、でも通じ合っている感触はものすごく胸に迫っていて、だから苦しかった。

（おばあちゃん）
（おばあちゃん）
（おばあちゃん）

わたしはただ、心の中で呟くことしかできない。その人は忍耐強く、笑顔を浮かべてわたしを見ていた。どこまでも受け入れられる許容に、ついにうずくまって泣き出していた。

そんなわたしの頭のてっぺんに、温かな感触が落ちる。ゆっくり、ゆっくり、丁寧に頭を撫でる感触だ。顔をあげると、まろやかに微笑む人が見える。唇が動く。声は聞こえない。涙でぼやける目を見開いて、その唇の動きを追いかけていた。その言葉を理解して、ハッと目を見開く。

そして、目が覚めた。

＊

「あら」

厨房に入ってきたエクレーヌさんが、驚いたように目を見開いた。「ずいぶん早いこと」と続けた彼女に対して、わたしはあいまいに微笑んだ。

泣きながら目が覚めて、そのあと寝直せなかった。まんじりともせず起き続けて、朝になって召使いさんが来る時間になってすぐ、厨房を訪れて恵比寿さまの了解を得て料理を始めた。

オリヴァーが用意した、祖母のレシピを調理したのだ。

塩漬けサイカチーネとリンゴとセロリのスープ、ニアーエとオニオンのスタフィング、白身魚のフィッシュケーキ、ローストビーフ、パンハギティー、ヒヤラシトを使ったプティング。

オリヴァーが書き出した祖母のレシピは、エクレーヌさんが用意すると決めたレシピとまったく重ならない。でも共通する食材の下拵えは参考になった。恵比寿さまが教えてくれた内容とも重なってたけれど、一度教わっただけだから失念していたところを補えた点がよかったと思う。

「これらの料理は？」

「祖母が遺したレシピに従って作りました」

そう言うと、エクレーヌさんは顔をこわばらせた。その変化に気づかないそぶりで、わたしはスプーンを差し出す。細い眉をしかめて、エクレーヌさんはわたしを見返す。

「わたしはエクレーヌさんに、シャルマンが嘘偽りなく、美味しいと感じる料理を用意してもらいたいと願っています」

そう言ったら、エクレーヌさんは唇を引き結んで、スプーンを見つめた。

そう言い出したわたしの意図がわかったんだろう。それでもあれほど食事を拒絶していた人だから、すでに激しい抵抗を示している彼女に、わたしはさらに言葉を続けた。

「だから、これらの料理を味見してみてください。飲み込めとは言いません。すぐに吐き出していただいても構わない。ただ、祖母の味を知っておいてください」

「あなたが作った料理なんでしょう」

「そうです。祖母のレシピ通りに作りましたが、祖母の味を再現できたとは断言できません。それでもわたしのできる限りを尽くしました。きっとシャルマンは足りないと言うのでしょうけど」

「口惜しくないの、あなた」

わたしは笑った。

「そんなの、口惜しいに決まってます」

そう言うと、エクレーヌさんは目を丸くした。

きっと、昨日までのわたしなら。祖母の夢を見るまでのわたしなら、言えなかった言葉だ。オリヴァーの言う通り、わたしは努力の量をセーブしていた。祖母は料理の神さまに愛された料理人だから、越えられないのもしかたない。そういう言い訳をしてたんだと気づかされたんだ。

――あなたは、わたしを越えられる。

現金だなあ、って自分でも思ってる。夢のなかで、祖母はわたしにそう告げた。もちろん夢だから、わたしの無意識が形作った言葉なんだろう。でもその無意識こそがわたしに、祖母を超えられる、と言った意味が示している事実は、わたしは、祖母を超えたいと願っていること。超えられるんだから、と闇雲に信じたがっている、わたしの、見苦しいほど容赦ない願望だ。

ずっと目を背けていたかった、わたしの本音なのだ。

気づきたくなった本音と向き合って、それでもいまのわたしは清々しい気持ちでいっぱいだ。

これがわたしなんだ、って感じてる。たとえたくさんの人に否定されたとしても、それでもいいや、という開き直りだってある。これが自分だから受け入れるしかないよね、と考えてる。

（それにきっと、）

なぜだかわたしを見透かしていたオリヴァーは、「いまさらか」と笑いそうな気がする。その想像は不思議なほど不快じゃない。そんな自分にも驚きではあるけれど。

ため息が聞こえた。

エクレーヌさんだ。身体中の息を吐き出したような、深いため息をついて、わたしからスプーンを奪い去った。ジロリとわたしを睨む。かと思えば、仇を見る目で並んでいる料理を見て。

スプーンですくって、口に運んだ。

自分で言ったことだけど、実際に料理を口に含まれて、わたしは驚いた。あわてて吐き出すための深皿を取り出していると、エクレーヌさんの喉が動いた。料理を咀嚼して飲み込んだんだ、と、わかって、わたしの動きが止まる。

だって、そんな。あんなに食事を拒絶していたのに。

「なんです、その目。……口に入れたものを吐き出すなんて、できるわけがないでしょう」

目を閉じて料理を味わっていたエクレーヌさんは、まぶたを開けて凝視しているわたしを睨む。かと思えば、表情を頼りないものに変えて、料理を、いま、口に入れたスープを見下ろす。

「美味しいわ」

そっと震えるように吐き出された、今にも泣き出しそうな声だった。

「サイカチーネの苦味が、他の素材と混ざり合って、活きてる。塩漬けのサイカチーネはスープに向かないと教わったけれど」

「その通りです。塩漬けしたサイカチーネは本来ならスープに向きません。もちろん塩抜きをしてスープに仕上げることはできますが、それでも残る塩味とサイカチーネの強い風味に、他の素材が負けてしまう。だから祖母は、風味の強い素材、それもサイカチーネと風味を活かし合える素材を探して、ポタージュスープに仕上げたんです」

「シャルマンが気に入りそうな味だわ。……でもわたくしは、この料理を作りたくない」

小さな声で言い切ったエクレーヌさんを刺激しないよう、わたしはそっと言葉を返した。

「はい。当初の予定通り、コンソメを作りましょう」

そうしたらエクレーヌさんはますます泣き出しそうな表情になった。それでもさらにスプーンを動かして、他の料理をすくう。味わう。咀嚼する。そのたびに感想を言う。

すべて肯定的な感想だった。美味しい、面白い、素敵ね、もっと味わいたくなる。

でもどの料理も、エクレーヌさんは一口以上食べようとしなかった。そうして必ず、「この料理を作りたくない」と否定する。そうだろうと考えた。それでいいとわたしは考えてたから、エクレーヌさんの言葉をすべて肯定した。料理も無理にすすめず、召使いさんに処理を頼んだ。

だってシャルマンが求めている料理は、エクレーヌさんの料理なんだもの。

ちなみに今回、エクレーヌさんが用意すると決めた料理は、以前、エクレーヌさんとウィレースの臨時教師としてやってきたシャルマンを、ご両親がもてなしたときに出した料理だそう。エクレーヌさん、シャルマンがとても喜んでいたから、料理名も覚えていたみたいなのね。

そしてその料理は、恵比寿さまの前に働いていた料理人が用意した料理だから、レシピが存在していない。でもその料理人の関係者たちから聞き取りをして、恵比寿さまがレシピに起こしてくれるという。つくづく恵比寿さまには頭が上がらない。懸念があるとすれば、間に合うだろうか、ということ。なにせむかしの話だし、関係者たちへの聞き取りはすぐに終わらないだろうし、レシピが書き上がったとしても試作をしなくちゃ。そう、エクレーヌさんが満足するまで。

それらが終わるまでシャルマンはこの世界にいられるだろうか。

エドガーさんの頑張りに期待するしかない現状が、とてももどかしい気がする。

もっと他にできることがあればいいのに、と考えかけて、わたしは首を振って気分を切り替えた。

焦る気持ちはある。でもいま、出来ることを放って、やるべきことなんて、ない。

そうしていまのわたしに出来ることは、エクレーヌさんに料理を教えること。彼女がシャルマンのために美味しく料理を作って、心の底から満たされるように導くこと。

呪いが解けるように。

「エマの血統」

味見を終えてから沈痛な眼差しで考え込んでいたエクレーヌさんが、わたしを呼ぶ。

「はい」と応えると、スミレ色の瞳がなぜだかとても必死にわたしを見つめていた。

その様子に戸惑うと、エクレーヌさんはわたしから目を逸らして、言った。

「あなたはいまの料理に、手を加えなくちゃいけないとなったら、どうするのかしら」

　唐突な質問にわたしは驚いたけれど、エクレーヌさんはあまりにも真摯な眼差しで問いかけてくるから、考えてみることにした。味見したときの感触を思い出して、答えをひねり出す。

「そうですね。たとえば、スープならわたしはもう少しとろみと甘味が欲しかったから、さつまいもを加えるかもしれません。スタフィングなら、使うハーブを変えるかも。フィッシュケーキは調味料に醤油を使いたい気もします。ただ、下手なアレンジは失敗の元ですから怖いですけど」

「失敗したら、どうするの」

　なにを考えているのか、ひどく思いつめている響きの問いかけに、わたしは笑ってしまった。

「食べます。失敗したなあ、どうしたらよかったかなあ、とぼやきながら次を考えます」

「次」

「はい。そうして試作を繰り返して、自分が満足できるものをお客さまに提供します。少なくとも、わたしの知る限り、多くの料理人はそうしていましたよ」

「……エマも、そうだったのかしら」

エクレーヌさんの口から、祖母の名前が出てきたからどきりとした。

祖母もきっとそうだっただろう。遠い記憶の中でも祖母はいつも厨房に立っていたし、この世界の食材もいろいろな調理に試していたとサピエンティアが話してくれていたものね。

だからわたしがうなずくと、エクレーヌさんはひどくつらそうにまぶたを伏せた。

「わたくしが無為に幽閉されていた間も、あの娘は行動していたのね。……きっと、」

シャルマンのために、と桜色の唇が動いた。

エクレーヌさんが、なにを考えているのか、わたしにはわからない。だから彼女を救い上げる言葉なんて思いつかない。これじゃいけないとも考えたんだけど、下手な言葉は言わない方がいいという感覚が強かったから、黙ってた。ちょうど恵比寿さまがやってきたから、そのまま会話をあいまいにしたまま、わたしたちは料理に向かったんだ。

恵比寿さまはエクレーヌさんが用意すると決めた料理のレシピを用意していた。どんな魔法を使ったんだろうとわたしは思ってしまったけど、そんなに都合のいい魔法は存在しない。だから関係者に対する感謝を抱きながら、わたしたちはまず、レシピ通りに作ってみた。

エクレーヌさんの手つきはまだおぼつかないけれど、丁寧だった。そして慎重だった。恵比寿さまの指示を愚直に繰り返し、間違えないようにゆっくり確実に動く。失敗しないように、全身で取り組んでいるその様子を見て、恵比寿さまは安心したのだろうか。わたしにレシピを渡して、厨房に戻っていった。エクレーヌさんはびっくりしたようだけど、わたしはうなずいた。恵比寿さまには本来の職務があるのだもの、当然だ。あとはわたしたちががんばらないといけないところなんだから、と言えば、エクレーヌさんも素直にうなずいた。

そうして出来上がった料理を、わたしたちは二人で試食する。

エクレーヌさんは噛み締めるように自分が作った料理を口にして、「このままでもいいのだけど」という言葉を告げてから、こういう味にしたいという希望を口にしていた。わたしも改良案を提案して、そうして二人でレシピを変えていく。再び、料理を作る。それを繰り返した。

やがて、この味だ、と、お互いに満足できる料理ができた。

ニアーエのグラタン、白身魚のカーライル蒸し、デリシャの果汁を使った牛肉の煮込み、庭から摘んできたハーブを使ったガーデンハーブパンに、デザートとして用意したベリーヒャラシト。

かつて、エクレーヌさん宅の料理人がもてなしに作り、シャルマンが満足した料理は、わたしたちのアレンジが加わって、新たに生まれ変わった。

エクレーヌさんと並んで、どきどきと緊張しながら、最後の試食をする。

まずはニアーエのグラタン。前菜として用意した一皿だ。

ニアーエは黒色の小さな粒なんだ。カラッと乾燥しているから硬い。茹でて使うところも、豆に似ている。そのニアーエを使ったこのグラタンは、トマトと玉ねぎも使い、さらにチーズも乾燥している粉チーズを選んでいるから、グラタンと思えないほどさっぱりしている。でもニアーエの存在感がしっかり出てるから、好きな人には嬉しい一皿になってると思う。

白身魚のカーライル蒸し。カーライルはこの世界では煎じて薬湯にする。コリアンダーにも似た独特の匂いは、でも砕いたら驚くほど馨しい風味が出てくるんだ。カーライルといくつかのハーブを入れたお湯で魚の形を崩さないように蒸したこの料理は、白身魚にかけるソースがポイント。生のカーライルを刻んで混ぜることで、魚についた風味を殺さないように気をつけた。

（うん、美味しい）

牛肉の煮込みも、ガーデンハーブパンも、ベリーヒャラシトも、わたしたちは無言で食べた。

長い時間を調理してたんだ、二人ともくたくたに疲れていたけれど、だからこそ空腹になっていた身体に、わたしたちがせいいっぱいを尽くした料理が染みていく。

食べてほしいな。そう思った。心身に染みわたる、このしあわせな感触を、みんなに味わってほしいと感じた。シャルマンに、オリヴァーに、エドガーさんに。可能ならサピエンティアも。ついでにあの憎ったらしいウィレースも、少しくらいなら味わわせてあげてもいい。

わたしたちは互いの顔を見た。そうして同じことを考えてるとわかって、小さく笑い合った。

でもそんなふうに満たされるときは、長く続かなかったんだ。

*

どんどんどんと激しく、扉を叩く音が響いた。

ちょっとぼんやりしてると、室内にいた警備兵さんが動いて扉を開けてくれた。

やってきた人は、オリヴァーだった。なぜだか緊迫してるその表情を見て、わたしはイヤな予感を覚えた。わたしを見てひとつうなずいたオリヴァーは、真っ直ぐにエクレーヌさんを見た。

「シャルマンが、消えました」

（！）

息を呑んだわたしは、エクレーヌさんを見た。目を見開いたエクレーヌさんは、顔を青ざめさせ、ふらりとよろめく。とっさにその身体を支えながら、わたしはオリヴァーを見た。

「それって、呪いがシャルマンを連れてったってこと？」

「そう。ただ、まだ時間がそんなにたってないから、じいさんがなんとか、シャルマンを呼び戻そうとしてる。ウィレース氏も協力してくれてる。……エクレーヌ嬢、あなたも協力してください。あなたが呪いの核だ。あなたが動いたほうが、より、シャルマンを取り戻しやすくなる」

「いまのわたくしは」

「力を封じられてるのでしょう。知ってます。でもシャルマンを呪った人物はあなただ」

突き放すような口調だったけれど、エクレーヌさんはうなずいた。

わたしの腕の中から離れて、かと思えば、わたしを振り返る。ひとつ、うなずいてエクレーヌさんはオリヴァーと共に、厨房を出ていった。警備兵たちもついていく。

一人残されたわたしは、というと、座り込んだままだった。

エドガーさんたちのところに行こうか、と、はじめは思った。でも事態には魔法が絡んでいるのだ。わたしにできることはない。わたしは、なんの役にも立たない。

だから、座り込んでた。

そうしていると、料理をしていた疲れも出てきて、本当に動き出せそうになかった。ぼんやりと思考がさまよって、祖母を思い浮かべる。あのとき。エドガーさんに見せられた、あのあと。

目の前でシャルマンを失った祖母は、どんな気持ちだっただろう。

シャルマンが消えた。そう聞かされたわたしだって、こんなにも喪失感を持て余している。祖母はきっとこれ以上の気持ちを味わったのだ。二度と立ち上がれないような、こんな想いを。

――――でも、祖母は動き出したのだ。

立ち上がった。考えた。動き始めた。

人生を、諦めなかった。だから祖母の血は受け継がれて、わたしにまで続いている。

（だからわたしも、ここでうずくまっていちゃ、いけない）

わたしにできることは、本当に限られてる。元の世界にいるならともかく、ここは常識すら疑わしい異世界だ。魔法なんて扱えないわたしは、本当に、料理以外のことができない。

それでいい。わたしは料理人なのだから。

食糧庫にある食材を、頼んで持ってきてもらった。その食材を使って、わたしはコンソメを作り始める。いま、みんながシャルマンを取り戻すために動いている。なら、わたしはシャルマンが戻ってくることを信じて、シャルマンに提供するために、料理を作る。

シャルマンの希望は、エクレーヌさんが作った料理。だから厳密にいえば、わたしが作るべき料理ではないんだけど、一品だけ、わたしが作ることを許してほしい。

その代わり、せいいっぱいを詰め込むから。

材料を切る。長時間煮込んでも大丈夫なように、でも必要としない場所は慎重に取り除いて。

水を注ぐ。火をつける。煮込む。

そういえばわたしは、作った料理をみんなで食べてほしいと感じたんだった。だったらその分、多めに作らないとね。みんなで食べられるように。みんなで、食べられますように。

沸騰したから、灰汁と脂が出てくる。すくいとる。火加減を調節する。繰り返す。

コンソメ・ブイヨンを作り続けている間、恵比寿さまが様子を見にきてくれた。

でもなにも言わずに、ただ、料理を続けてるわたしを見て、うなずいて出ていった。

だからわたしも、コンソメ作りに集中し続ける。ふっと閃いた。サイカチーネを使ったポタージュスープの代わりに、コンソメを提案した恵比寿さま。それはもしかしたら、恵比寿さまが考えた、エクレーヌさんへの、意趣返しだったのかも。エクレーヌさんがわたしにぶちまけたコンソメを実際に作らせて、その過程を思い知らせようとしたのかもしれない、と思いついた。

本当のところはわからないんだけど、その想像はなんだかおかしくて、笑えた。それから、ごめんなさい、と頭の中で謝る。せっかくの意趣返しの機会、わたしが奪っちゃった。

やがて出来上がったコンソメ・ブイヨンを漉した。コンソメを作るための材料を粘り気が出るまで混ぜたら、コンソメ・ブイヨンと合わせて、再び火にかける。

今度はオリヴァーがやってきた。料理を続けているわたしを見て、驚いたようだった。なにかを言いかけて、でも考え直したように口をつぐんだ。そうして彼も厨房を出ていく。

オリヴァーも大変だな。祖母のレストランを購入したばかりに、祖母の遺した魔法に振り回されて、おじいさんの正体も知ることになって、あげく、異世界を訪れる羽目になってる。

本来はきわめて現実的な人なのに。現実世界で成功したいという欲望を持っている人だから、いまの状況は本当に不本意だろう。それなのに、彼は優しさを失わないいま、わたしたちに付き合ってくれてる。なんとかしなくちゃ。オリヴァーを想えば焦る気持ちが芽生える。魔法を、祖母が遺した、異世界と現実世界を行き来する『アヴァロン』の魔法を解かなくちゃ。

そうしたらもう、わたしはこの世界を訪れることはできない。エドガーさんに頼めばもしかしたら訪れることはできるのかもしれないけど、少なくともわたしにはそのつもりはない。オリヴァーもきっとそうだろう。この世界はとても魅力的だけど、わたしたちが生きる場所はこの世界ではなく、生まれ育った世界だ。その世界で生きていきたい理由が、わたしたちにはある。

オリヴァーには、『アヴァロン』からイギリス料理の魅力を伝える、という目的がある。

　そうしてわたしは。

（もっともっと、料理をしていきたいな）

　こうしてコンソメを作っているから、ごく自然な欲求が芽生えてた。

　楽しいんだ。料理をしていると。繰り返す作業はとても単純。でありながらときに重労働。でも出来上がった料理を、人がしあわせそうに食べる姿を想像すると、この上なくしあわせになる。

　――祖母はこの世界に存在する多くの食材を扱って、巧みな料理を作った。シャルマンのために、この世界の料理を育てた。でもわたしは、同じ生きかたを選ぶことはできそうにない。

　だってわたしは、生まれ育った世界の食材すら、すべてを知っているわけじゃないもの。これまで教わってきた料理は、あの世界に存在する、いくつかの国の料理にすぎない。

　すべてじゃないんだ。あの世界にはまだ、わたしの知らない料理がたくさん存在している。なのに、それらを知らない事実を、わたしは惜しく感じるようになった。

　異世界に来たからこそ、わたしは、生まれ育ったあの世界を大切に感じるようになったんだ。

だから、すべての決着がついたら、わたしは。

*

コンソメスープが完成したころ、エクレーヌさんとオリヴァーが厨房に姿を見せた。

わたしを見たオリヴァーは、呆れたように笑った。エクレーヌさんは驚いて、でもこちらも同じような笑顔を浮かべて、「シャルマンが戻りました」と言ってくれた。

待ちに待った知らせだ。わたしは気が抜けて、ペタンとその場に座り込んだ。オリヴァーがあわてたように駆け寄って、しゃがみ込んで、わたしをのぞき込む。

安心させるために笑い返したんだけど、なぜだかますます心配したように、眉を寄せた。そのまますくいとるようにわたしの身体を抱え上げる。もちろん抵抗しようとしたんだけど、なぜだか、わたしは思ったように身体を動かせなかった。あれ。初めてわたしは自分の状態に気づく。

なんか、すごく疲れてるみたいだ、わたし。

そんなわたしを抱えて、オリヴァーはエクレーヌさんを振り返る。

「休ませてきます。一人で大丈夫ですか」

なにを言ってるんだ、オリヴァー。シャルマンが戻ってきたなら料理を作らないといけない。

エクレーヌさんにはまだ、わたしがついていないとダメなのに。

でもエクレーヌさんは笑顔を浮かべたまま、うなずいた。オリヴァーに歩み寄ってきて、抱えられているわたしをのぞき込む。スミレ色の瞳が優しく、わたしを見ていた。

「おやすみなさい、エマの血統。わたくしはもう、大丈夫よ」

わたしはなにかを言おうとしたんだ。エクレーヌさんに。

でもその前にオリヴァーが動いてしまって、厨房を出てしまった。わたしを抱えて歩くオリヴァーはため息をついて「まったく、無茶をするもんだ」と説教口調で言った。

抱えられたわたしは完全にオリヴァーの身体にもたれかかっていた。厨房から離れたからだろうか、もう身体中から力が抜けてしまって、意識がいまにも沈み込んでしまいそうだった。

でもオリヴァーの温かさを感じていたから。これは言わなくちゃ、と思って必死に言った。

「オリヴァー」

「なに」

「わたし、『アヴァロン』を継げないよ」

気づいちゃったんだ。いまのわたしがやりたいこと。

それは祖母のレストランを継ぐことじゃない。先輩と同じレストランで働いて、そのレストランを一緒に盛り立てていくことでもない。それよりわたしはやってみたいことができたんだ。

それは世界を巡って、いろいろな国の料理を習得すること。

祖母だって、ほかの国の料理を学んでいた。そうして自分の料理を完成させてた。

そしてわたしは祖母以上に、もっともっと、広いこの世界を見たいんだ。巡って、作って、食べて。

いずれは自分のレストランを開くときが来るかもしれない。でもいまじゃない。思い描きはじめた未来像はまだあいまいだけど、それだけは断言できる、確実なこと。

だから、冗談だったのかもしれないけれど、こんなわたしに誘いをかけてくれたオリヴァーにはきちんと断りを入れなくちゃ、と考えて、その言葉を口にした。

　オリヴァーはわたしを抱える力をわずかに強めて「そう」とだけ言った。青い瞳は真っ直ぐに前を見つめていて、わたしを見ていない。その顔を見上げて、わたしはちょっと不安になった。

「オリヴァー」

　だからもう一回、彼の名前を呼んだ。すると端正な口元が苦笑を形作って、青い瞳がわたしを見下ろす。温かな眼差しだ、と感じた。いつくしむ、そんな言葉が当てはまるような表情だと。

「わかったから、もう寝て、トウコ」

「でも」

　シャルマンのことだってなにも教わってないのに、とか、もちゃもちゃ言っている間に、段々と力が抜けていく。「はいはい」と適当にわたしをいなすオリヴァーの言葉が聞こえた気がする。そんな態度にむかっとしたけれど、でも本当に、わたしはギリギリの状態で。

　オリヴァーの温かな気配に促されるように、深い海に沈み込むように、眠りについたんだ。

　そうして目覚めたときには、すべてが終わっていた。

＊

目が覚めたとき、わたしは激しく面食らった。

なぜなら、わたしが目覚めた場所は、あの海底にある屋敷じゃない。元の世界の、オリヴァーの家にある客室だったんだ。なにげなく見下ろせば、着ている服は変わってないから安心する。

でもわたしはなぜここにいるんだろう。

窓から外を眺めると、さんさんと太陽が外を照らしている。だから異世界から、元の世界に帰ってきたんだなと実感できたけれど、でもなんでここに、という疑問は消えない。だから起きあがって、ベッドから降りた。扉を開けようとしたら、向こうから開く。

わたしに先んじて扉を開けた人は、シャルマンだった。

「起きたのか、エマの血統。おはよう」

「おはよう……」

挨拶されたから素直に返してしまったけれど、それどころじゃないよね？

わたしは思わず両手を伸ばして、シャルマンに触れた。とっさに遠慮が働いて、右手に触れるに留めたけれど、しっかりとした存在感は、シャルマンが夢でも幻でもなく、実在する存在だと教えてくれた。見上げれば、眼帯はもう無く、その印象的な瞳が両目ともあらわになっていた。

「呪い、解けたの？」

困ったように、わたしのなすがままになっていたシャルマンは、わたしの言葉を聞いて、嬉しそうに、そして、とてもやさしく微笑んだ。わたしの手からそっと右手を取り戻した、かと思えば、そのままわたしの頭の上にポンとのせる。そして撫でる。

「おかげさまでな。ありがとう、エマの血統」

よしよしと頭を撫でられて、わたしは複雑な気持ちになった。

シャルマンの正直な気持ちが現れた行動なんだろうけど、父親ぶりの感触だから温かいような懐かしいような感触に絆されそうになるけど、これ、成人女性にしていい仕草じゃないよね。

でもはねのけるのも逆に大人気ないような気がして、ただ、大人しくじっとしていると、部屋から離れた位置にある扉、ダイニングにつながる扉が開いて、オリヴァーが姿を現した。

オリヴァーはわたしたちを見て、わかりやすく呆れた表情を浮かべる。

「なにをしてるんだい、二人とも。早く来ないと朝食が冷めるよ」

「え、まだそんな時間？」

思わず口に出せば、オリヴァーは息をついた。腕を組んで、扉にもたれかかる。

「言っておくけど、トウコはあれから一昼夜、眠り続けていたからね。もうそんな時間、が正解」

「え、そんなに寝てた？」

驚きを口に出せば、シャルマンとオリヴァー、二人ともがこっくりとうなずく。

そうかー。だからこんなに気分が晴れやかで、ついでにお腹も空いているんだ。

さっき、ベッドから降りるときに、かつてないほど大きなお腹の音が響いたものね。

うん、二人に聞かれなくてよかったよ。お笑いのネタをこんな形で提供するなんて、年頃の乙女としては遠慮したい。

オリヴァーに促されるまま、わたしはダイニングに進んだ。そうしてテーブルに近づいて、思わず歓声をあげてしまった。

だって完璧なイングリッシュ・ブレックファーストが並んでいたんだもの。

カリカリのフライドブレッドにトマトで味付けしたベイクドビーンズ、焼きマッシュルームに、おせんべいのようになるまで焼いたベーコン、焼きトマトにソーセージ、それから目玉焼き。それもわたし好みにちょうど良く半熟になってる。太陽のような目玉焼きは朝にピッタリだよね。

「これ、オリヴァーが用意してくれたの？」

「僕以外のだれが？　飲み物は紅茶でいいかい」

「うん！　ありがとう」

思わずニコニコと笑ってしまう。向かい側に座ったシャルマンがクスリと笑う。なによ？　と睨めば、軽く肩をすくめられてしまう。澄ました表情に、以前に見かけなかった明るさが漂う。

呪いが解けた。あらためてその事実を噛み締めている間に、オリヴァーが紅茶をサービスし終えて、わたしの隣の席に座った。軽く食前の祈りを済ませて食べ始めるから、わたしも「いただきます」と言ってから、カトラリーを取り上げた。シャルマンも優雅に食べ進めている。

まず、カリカリのフライドブレッドに噛みついた。かしゅっとした感触が、とても楽しい。カロリーを気にするべきかもしれないけれど、美味しいんだから、いまは気にしない。目玉焼きにナイフを入れて、フライドブレッドにもからませる。とろりとした黄身の感触がたまらない。もちろん他の料理にも卵をからませたよ。マッシュルームにもベーコンにも、卵はよく合う。こういう食べかたができるから、ワンプレート料理はいいなあと感じながら食べ終えて、紅茶を飲む。

そうして、ようやく疑問を口にしたんだ。

「それであれからどうなったの」

わたしとしては、ごく当然の疑問だ。ただ、時と状況を読んで、我慢していた問いかけ。

それなのに、テーブルについている二人ときたら、同時に吹き出すのだから失礼だと思う。もしや二人とも、わたしが状況把握よりも食欲を優先したと考えたんだろうか。そう見えるかもしれないけれど、わたしは空気を読んだだけだよ。そんなことはない、と思う。たぶん。

笑いをおさめて、まずはオリヴァーが口を開く。

「いちばん重要な事実はもう確認できてると思うけど、シャルマンの呪いは解けた。エクレーヌ嬢が用意した料理をシャルマンが食べて、心の底から賞賛することによってね。彼女は満たされた。もっともじいさんは、それだけが理由じゃないと言っていたけど、心当たりはあるかい」

「ないよ。だってわたし、料理をしてただけだもの」

「やっぱりね、そう言うと思った」

なぜだかオリヴァーは息を吐いてそう言うから、理由を求めてシャルマンを見つめる。シャルマンは苦笑を浮かべて、わたしを見ていた。ひと口、紅茶を飲んで、オリヴァーの言葉を継ぐ。

「エクレーヌはそなたに礼を言っていた。おまえのおかげで、長年の鬱屈から解放されたと言ってな。食事を拒絶することも無くなったから、エクレーヌに関しては、もう安心してもいいだろう。……わたしにかけた呪いを解いたことから、エクレーヌの幽閉は緩和されることになった。そうはいっても、彼女が《セクンドゥム》の座に就くことはない。ウィレースは肩を落としていたが、それはしかたないというものだ。過ちがなかったことになるわけではないのだから」

そうか、と思う。

それなら、ウィレースがわたしにした依頼は完了できた、という認識でいいんだろう。彼の願いは、エクレーヌさんを《セクンドゥム》にするという望みは叶わなかったけれど、でも、エクレーヌさんは再び食事を摂り始めたのなら、よかった。きっとたくさんの人が安心してる。

恵比寿さまにお礼を言えなかったな、と考えてると、オリヴァーが口を開く。

「それで呪いが解かれたシャルマンは、自由の身になった。それでどうするのかと訊けば、初志貫徹、五十年前のあのときに決めた通りに、こちらの世界に移住するんだってさ」

驚いてシャルマンを見たら、軽やかに楽しそうに、シャルマンは笑う。

「なにせ、呪いが解かれるとは思わなかったものでな。空けたままにしていた《セプティムム》の座を埋める者を選び、任命もしてきたから、むしろわたしはあの世界ではもう邪魔者なのだよ。ならば無理に留まる必要はない。この世界に移住してきても構わないだろう？」

「エクレーヌさんは、反対しなかったんですか」

過去の一幕を思い出して問い掛ければ、今度こそシャルマンは嬉しそうにうなずいた。

「ああ。……世界が隔たれたからといって、二度と会えなくなるわけではない。なにかの折に会うこともあるだろう。そう言えば、あれは安心したように笑ってもいたな。幼いあの娘に、想定以上の心配をかけたことを詫びれば、なぜだか苦笑していたが」

あれ。違和感を覚えて、わたしはオリヴァーを見た。わたしの視線を受け止めたオリヴァーは、厳粛な様子でうなずいて、わたしの疑惑を肯定した。

嘘でしょう。あれほどわかりやすい想いに、シャルマンってば気づいてないの。

思わず口を開いて突っ込みたくなったけれど、でもこれは、エクレーヌさんが伝えるべき言葉。わたしが口を出しちゃいけないよね、と考え直して、口を閉じる。不自然に口を開閉しているわたしを、シャルマンは不思議そうに見ながら「それで」と続けた。

「この世界に移住するにあたって、さまざまな問題があるのでな。先達である《魔法使い》に相談したところ、しばらく次代どのの家に厄介になればいいと言われた。だからいま、わたしはこの家に居候をしているわけだ」

「具体的に言うと、じいさんがシャルマンの戸籍を準備したりしているわけだ。じいさんが自分の戸籍を準備した時と違って、この時代はいろいろと隙のない、厳しい時代だから。戸籍の偽造は想定以上の大仕事らしくて、じいさんは久々に骨を折ってるみたいだよ」

なるほど。それでシャルマンとオリヴァーが一緒にこの家にいたんだ。

紅茶を飲みながら、一連の出来事に関する説明を聞き終えて、わたしはほっと息をついた。

結局、わたしは何をしたんだろう、と思ってしまったけれど、目の前でシャルマンが笑っているところを見たら、まあいいか、という気持ちになった。

祖母が望んだ通り、シャルマンの呪いは解けたんだし。なんだか肩の荷が降りた気分だよ。

でもやっぱり、寝ている間にこの世界に戻ってきてしまったことは残念。エクレーヌさんとあれきりになってしまったことを心底残念だと感じるし、やっぱり恵比寿さまにちゃんとお礼を言いたかった。ウィレースはどうでもいいけど、サピエンティアにも会いたかったな。

わたしがそんなふうに、あの世界に関する心残りを口にしたら、だ。シャルマンが言った。

「ならば、次に会ったときこそ、そうすれば良いではないか」

（……。……え？）

なんだか簡単に聞き流しちゃいけない言葉を聞いた気がして、わたしはシャルマンを凝視した。そんなわたしの様子に違和感を覚えたのか、シャルマンは考え込むような様子を見せ、「ああ」と何事かに納得した様子で、オリヴァーに視線を向ける。つられてわたしも視線を動かし。

びくり、と肩が揺れた。

なぜなら隣に座るオリヴァーは笑っていたんだ。きらめく朝日に負けないくらい、きらきらしい美貌の青年は、にっこりと輝かしく微笑んでいた。笑顔なのに、まったくそう見えないこの表情、どう表現したらいいのか言葉に困ってしまうこの表情を、わたしは以前にも見た。

「言い忘れてたけど、トウコ。この『アヴァロン』にかけられてる魔法は解けてないんだ」

「……あの、でも、シャルマンの呪いは解けたんですよね？」

「うん。見事にね。でも『アヴァロン』の魔法は解けてない。つまり、シャルマンの呪いを解くことが、エマの願いではなかったということになる。だから夜になればまた、僕たちはあの世界に行けるよ。……よかったね、トウコ。エクレーヌ嬢にもサピエンティア嬢にも、また会える」

よかったね、とオリヴァーは言っているけれど、全然、逆の響きに聞こえるのは、なぜ。

わたしはそっと動いて、ティーカップに唇をつけた。紅茶を飲んで落ち着こう、と思ったんだけど、もうとっくにティーカップは空になってた。気まずい。ふっとオリヴァーはやわらかく微笑んで、わたしのティーカップを取り上げて、紅茶を注いでくれた。笑顔が崩れない。怖い。

「それでトウコ。きみは以前、このレストランを正す方法を探す、と言っていたけど、」

「は、はい」

そう答えるしかなくて、ティーカップを両手で持ったまま、わたしはオリヴァーを見返す。

「やっぱり難しそうだから、諦めてくれないかな。その代わり、きみには他に依頼したことがあるんだ。この『アヴァロン』の、料理人になってほしい」

「いや、その、それは」

「さすがにね。せっかく購入したレストランなのに、五年以上も閉店したままでいるのは、ちょっと困るんだよね。あのとき、じいさんを代理人に仕立てあげてまで購入したのに、なんのために購入したのか、わからなくなる。いっそ返品したいけれど、五年も経っているから無理な話だ。だったらやっぱり、レストランとして開業して資金を回収したいと思うんだよ」

オリヴァーがずけずけと言う言葉を聞いて、わたしはだんだんとうつむいてしまった。

そうなんだよね。オリヴァーにとって、このレストランは不良物件もいいところだ。それなのに、とても大切にしてくれてる。内装だって外装だって、祖母がいた時とほとんど変わってないもの。ううん、変えようとしていない。それはやっぱり、祖母が遺したレストランを大切に盛り立てていく、という言葉通りにしようとしてくれたわけで、……感謝してるのだ。

でも。

「トウコ」

ちょっと調子を変えた、やさしい、やわらかにわたしを呼ぶオリヴァーの声が聞こえる。

「きみは、なにをしたいんだい。なにが、……どんなことに対して、そんなに思い悩んでる」

うながす言葉に、わたしはそっと顔を上げた。もう、あんなにきらきらしい笑顔は消えていて、オリヴァーは苦笑を浮かべている。どこかで見たような、とても温かな表情だ。

「教えてくれないか、トウコ」

そう言われて、わたしはためらいを覚えた。いま、わたしがやりたいと願っていることを告げることも、告げないことも、同じわがままを通しているような気持ちになったんだ。迷った。

でもオリヴァーはわたしの言葉を待ってる。シャルマンも。だから目をつむって、言った。

「いろんな料理を、知りたいの」

ひと息に言ってしまえば、あのときに感じた衝動がよみがえって、気持ちが軽やかになる。

「この世界の、いろいろな国に存在する、わたしがまだ知らない料理を知りたい。作りたい。食べてみたい。試してみたいの、いろいろなこと。飛び込んでみたいのよ、もっと広い世界に」

そう言って目を開ければ、オリヴァーの温かな表情は変わってなかった。

そっとまぶたを伏せ、「そうか」とつぶやく。わかってくれた？　緊張して見つめ続けた先で、オリヴァーはニッと微笑みを変える。そうして片頰をついた右手で支えながら、言う。

「でも、そのためにはきみ、資金が必要だよね」

きわめて現実的なツッコミに、わたしは「う」と言葉につまった。

確かにそうだ。世界中を巡りたいと思うなら、旅行代金が、資金が必要。それが常識。

そりゃ、この『アヴァロン』を売却した時の資産があるけれど、それはなんとなく口に出しづらい。そもそも貯金にした資産を、世界旅行のために切り崩すつもりはないわけだし。

「で、現実的に資金を稼ごうとしたら、きみの場合、料理人として働くしかないわけだ」

それも、確かにその通り。わたしには料理人としてのスキルしかない。

というか、そもそもいまのわたしは、無職なわけで。日本に帰国したら就職活動を頑張らないといけない。あるかなあ、就職先。できれば長期の休みが取れるような、そんなところ。難しいかもしれないなあ、レストランって過酷な仕事だし。でも探すしかないよね、と考えたから。

「だったら、その資金調達先に、ここを選んでもいいんじゃない？」

あっさりと続けられたオリヴァーの言葉に、確かにそうかも、と、わたしは思ってしまった。

いや、でも。ここは祖母の遺したレストランで。求められるのは祖母以上の料理人なわけで。

（あれ。だったらちょうどいいじゃない）

ふっと、そんな言葉がひらめいてしまった。

正直に言えば、まだ、オリヴァーの誘いには断りを入れる余地があるんだけど、でも。

――――こんな状況のまま、ここから離れるの、いやだなあ、って感じてしまったんだ。

だって中途半端だ。シャルマンの呪いこそ解けたけれど、祖母の願いは不明なまま、叶えられてもいないから、『アヴァロン』の魔法は解けてない。このまま、『アヴァロン』を閉店状態にしておくの、いやだ。エクレーヌさんや恵比寿さまとあのままでおしまいというのも、さびしい。

そして、なにより、オリヴァーやシャルマンと離れるの、いやだなあって思ったんだ。

なぜだかわからない。でも、その想いは自分でも戸惑うほど強くて、大きくて。

「……たまにでいいから、長期休暇、くれる？」

気づいたらわたしは、そんな言葉を吐き出していた。

オリヴァーがからりと笑う。「もちろん」と即座に了承して、

「なんといっても、この『アヴァロン』の料理人は激務だからね。朝昼はこの世界で営業、夜は異世界で営業。要するに、二十四時間ほど、料理の注文を承るために働き続けなければならないんだ。そのくらいしないと、イギリスの法律に抵触してしまう。ついでに、じいさんにかけあって、転移魔法を福利厚生につけるよ。この世界の果てに行っても、即座に帰還できるようにね」

「それ、ぜんぜん、福利厚生じゃないし」

冗談めかして告げられた内容に、即座にツッコミをいれてた。でも。

ゆっくりと視線を合わせて、「どうする?」と問われたときにはもう、心なんて決まっていたんだ。これから雇用主になるオリヴァーに向けて、わたしも微笑んだ。

「なら、よろしくお願いします」

そう言い終えたら、ずっとわたしたちを見守っていたシャルマンが声を上げて笑い出した。楽しそうな笑い声って伝染力がある。だからオリヴァーも笑って、わたしも笑い出してしまって。

かくしてわたしは、祖母の遺したレストランの料理人を、つとめることになりました。

これから二十四時間、この世界でもあの世界でも、料理の注文を承ります、なんてね。

終、あるいは、始。いま、ここにある刹那の永遠。

空港に入るまで、最後まで手を振っていた娘を、わたしたちは見送った。

これは再会に至るための、短い別離。理解しているが、やはり寂しい気持ちになるものだ。あの娘に対して思い入れの強い青年ならば、なおさらだろう。

チラリと視線を向ければ、同居人の青年はどこか物足りないような表情を浮かべていたが、わたしの視線に気づくなり、平然とした表情を装う。そうしてわたしに話しかけてきた。

「トウコはとうとう気づかないままでしたね。最後まで。エマの望みに」

わたしはもう一度、娘が消えた空港を見つめた。

「本人だからだろう。祖母の望みが、まさか自分だとは。……孫である自分が、エマが遺していく『アヴァロン』を継ぐことだとは思いつきもしなかったようだ。想われていることに、案外、人は気づけないものだからな、しかたない」

「心当たりが？」

なにかしらの意図を含んだ言葉だったが、わたしは「さてな」と返しておいた。思い当たることはある。だが、それを口に出す必要性は感じない。そうして歩き始めると、青年も続いた。

くすりと小さく笑い声が響いたものだから、ふと振り返る。

「でも僕は、トウコが『アヴァロン』で働くようになっても、魔法は解除されないと思いますよ」

「ほう？」

『アヴァロン』の所有者である青年にとって、笑い事ではないだろうに、彼は笑いながら言う。

「トウコを見てたら、エマに対する理解も進みますね。彼女たちはとても欲張りだ。そして諦めない。ひとつの願いを叶えても終わりじゃない。また次の願いを生み出していく。……エマの願いが叶うまで、『アヴァロン』の魔法は続く、と、じいさんは言っていた。ですが、そもそも、そのエマの願いとやらは本当にひとつきりだったのか。僕は疑問に思っているところです」

「ならば楽しい時間が続くということだ。そなたには、気の毒な話だがな」

「まったくです。とんだ不良物件をつかまされたものですよ」

だがそう言いながらも、青年は楽しそうなのだ。

なぜなのか。わからないようで、わかるような気もする。なぜならわたしも、あの『アヴァロン』が続くことに喜びを抱いているからだ。エマはもういない。だが彼女のかけらは、エマのかけがえのない血統はこの世に残って、『アヴァロン』を続けていく。おそらくは、あの孫娘が『アヴァロン』を継いでも、ふたつの世界をまたぐ、あの不思議なレストランは続いていくのだろう。

それでもいつか必ず、終わりのときは訪れる。エマがそうであったように。この世のなにもかも、存在していられる時間はほんの刹那だ。刹那であっても、確かに存在する永遠。

誰にも否定できない、永遠に繋がる刹那の可能性に、いまのわたしは心を躍らせているのだ。

著者プロフィール

深谷 みどり（ふかや みどり）

広島県在住。美味しいものと猫と書き物が好き。
好きなものをたくさん詰め込んで書きました。
楽しんでいただけますと幸いです。

24時間、料理の注文承ります。

2022年11月15日　初版第１刷発行

著　者　深谷 みどり
発行者　瓜谷 綱延
発行所　株式会社文芸社
〒160-0022　東京都新宿区新宿1－10－1
電話　03-5369-3060（代表）
03-5369-2299（販売）

印刷所　株式会社暁印刷

ISBN978-4-286-25016-8